JN000818

侠
きやん

松下隆一

KODANSHA

侠
きゃん

侠(きゃん)

目次

装幀　芦澤泰偉
装画　大竹彩奈

第一章 桜草

おれは今、死にゆく自分を見ているのだと銀平(ぎんぺい)は思った。漂う蕎麦湯(そばゆ)や出汁(だし)の匂いより、鼻腔に残る血腥さ(ちなまぐさ)が優って(まさ)いる。客のいる半刻(はんとき)ばかり前までは病も忘れて仕事に没頭していたが、客足が途切れたとたんに吐血し、何度も口を漱いだ(すす)。その後は上がり框(がまち)に腰を下ろして、しばし茫然(ぼうぜん)となってしまった。

半年ほど前からたびたび胸が焼け、苦いおくびが出て、腹痛が起きた。それが今日、初めて吐血し、死んだ父親と同じ症状だと思い出して死を覚悟した。

すっかり皺(しわ)だらけになった右手を、無意識のうちに見つめていた。そういえば父親が亡くなる数日前も、こんなふうに裏店(うらだな)の上がり框に座って、持ち上げた手をぼんやり眺めていた。

隙間風が大きな目のついた銀平の面長の顔をなぶる。鬢(びん)にわずかに黒髪が混じるだけの白髪で、無精髭(ひげ)も白い。痩せて手足が長く見え、腕や脛(すね)は骨張っていた。喉も筋張り、喉仏だけが別の生きもののように大きく浮いている。結城(ゆうき)木綿の単衣(ひとえ)、丈の短い濃い茶色の着物に濃紺の帯を締め、白襷(しろだすき)を掛けて腰には手拭いをぶら下げていた。黒い鼻緒の下駄を履いていたが、粉に塗（まみ）れていつも白かった。

銀平は蕎麦屋を営んでいた。蕎麦と酒を出した。客が五、六人も入れば満席になる板間があるだけの、小さな店だった。蕎麦をつくるのは多くても日に二十杯と決めている。ふつうの蕎麦屋なら安くても一杯十六文はとるところを、十文で売った。もとより儲（もう）けるつもりはない。自分ひとりが食べていければよかった。それも齢を追うごと、立ち仕事がつらくなる。六十の齢ともなれば、体が思うように動かなかった。

「えー桜草（さくらそう）や、桜草――」

表からよく通る澄んだ売り声が響いてくる。その声に春の訪れを感じる。だが桜草は陽射しに弱く、早朝に売るものだ。いま時分まで売り声をあげているところをみれば、さっぱり売れなかったのだろう。それにしても、生に満ちて伸びやかな声であった。

表の障子戸を西陽（にしび）が橙（だいだい）に染めてゆく。銀平は痛んだ腰を叩（たた）いて立ち上がり、裏庭に続く板戸を開けて外に出た。そこには桜の老木と井戸、厠（かわや）があった。淡い桃色の花の群れが微風に揺れ、一枚、また一枚と花びらが散って短く茂った草の上に落ちている。夕方とはいえ、春の温（ぬく）もりが肌を包んだ。

草を踏んで低い板塀に近づく。板のところどころが朽ちて欠けている。板塀越しに向こうを見れば、竪川（たてかわ）の川面に夕陽が照り返していた。左手には一ツ目之橋が見え、人々が行き来している。陽が翳（かげ）り、川岸に建つ家並みが暗くなってゆく。荷を積んだ船がゆっくりと大川方面に向けて進んで行った。夕暮れ時だというのに、長閑（のどか）に鳶（とび）が鳴いている。

　南本所（ほんじょ）の一ツ目之橋のたもとに店を構えるようになって三十年が経った。その歳月が短い夢か幻の如（ごと）く感じる。近くには回向院（えこういん）があり、銀平がやる気になったなら、多くの参拝客を取り込むこともできただろう。夏の川開きや春と秋にある勧進相撲の興行の間などは、表の通りも人で溢（あふ）れる。だが軒提灯（のきぢょうちん）も吊るさず、暖簾（のれん）も出さず、売り声ひとつあげないボロ小屋のような店とあっては、せいぜい安い蕎麦目当ての常連客が来るだけであった。

　川風の中に微（かす）かな潮の香りを嗅ぐ。ようやく血の臭いが薄れると、銀平は安堵（あんど）の息を漏らした。だがすぐに、そろそろ身の始末を考えなければと思い、何とも言えない憂鬱（ゆううつ）な気持ちにとらわれてしまった。このままいつものように蕎麦をつくり続ける生業（なりわい）の中で死にゆく――いずれはつくれなくなるのだろうが――のは耐え難い気もする。

　振り返り、老木の桜を見つめる。

「願わくば、花の下にて、春死なん」

日の名残りの中、暗い光を孕（はら）む花びらを見ながら呟（つぶや）くと、銀平はあの男の瞳を思い出した。

　もう二十年も前の話になる。毎年涅槃会（ねはんえ）の日だけに必ず訪れる常連客がいた。乞食（こじき）と呼んでも差し支えないような破れ放題の袈裟（けさ）を着た、四十前後と思（おぼ）しき坊さんであった。彼は蕎麦を食べ終えると必ずこの裏庭に出て用を足し、ずいぶん長く店の中に戻らなかった。当初は食い逃げかと思い、銀平はこっそりと裏庭を覗（のぞ）いたが、坊さんはぼんやりと桜の木を眺めているだけであった。そのうち彼は先の歌を呟き、踵を返して店の中に入ると銭を置いて出て行く。それを毎年、十年ばかりも繰り返したのだが、十一年目から姿を見せなくなり、それきりとなった。

歌の意味など銀平は知らない。だが坊さんが、桜の花の下で死にたいと望んだことは察しがついた。見てはならないと思いつつ、銀平は気になり、毎年坊さんの後ろ姿を覗き見た。

十年目のその日、やはり銀平は彼の姿を覗いたのだが、例の歌を発した後、にわかに振り向いたのだった。

目が合った。坊さんの黒い瞳に何とも言えない哀れみの色が見てとれた。銀平は思わず目を逸らし、台所に引っ込んだ。すべてを見通されていると感じ、恐れを抱いた。それは銀平に過去の清算を促す視線であった。その時の身のうちの血のうねりを、昨日のことのように憶えている。坊さんが来なくなると、いよいよ報いを受ける前兆にも感じて、さらに恐れた。

暮れ六つの鐘が聴こえる。

銀平は我に返り、店の中に戻った。そして貧しい蕎麦の匂いに満ちた、色失せた自分の居場所を見まわし、結局これがおれのすべてだったのかと、深く長い吐息を吐いた。

突然、言い知れぬ衝動が肚の底から突き上げてきた。それはこのまま骨を拾う者もなく、ひとり虚しく死にゆくことへの抗いだった。

記憶の中の坊さんの瞳に、濃厚な抗いが呼び覚まされる。彼は貧しいながら仏の道に帰依し、方々で功徳を施してきたにちがいない。やり抜いた彼は桜の花の下で安らかに眠ることを望んでいたのではないか。桜の花の下でなくとも、きっとどこかで得心のゆく死を迎えたのだろう。おれもそうありたいと、銀平は心から願った。何の根拠もないことではあったが、彼はそう思い込んだ。

「えー桜草や、桜草――」

引き返して来たであろう売り声がまた聞こえてきた。いっそう伸びやかに響き渡る声音に、銀平は力を得た気がした。

だが、何をどうすればいいのかはまるで見当がつかない。ただ得体の知れない熱さだけが込みあげてくる。その熱が冷めてしまわないうちに、彼は次に来るであろう客に備えて台所に入った。

ほどなく、開け放った表の戸口から「ごめんよ」と客が入って来た。本所方同心のもとで小者をしている勘次（かんじ）という初老の常連で、苦虫を嚙（か）み潰したみたいな顔をした、皮肉と愚痴の多い客だった。勘次は板間に上がり、いつもの場所に陣取ってあぐらをかいた。

「お勤めご苦労さまでございます」

銀平は腰を深々と折って頭を下げると、冷や酒をなみなみと注いだ枡（ます）を勘次の前に置いた。

「ジイさんよ、火入れもできねえほど銭がなくなったかい」

すっかり夕闇に満たされた店内を見まわし、勘次は憎まれ口を叩いた。

「申し訳ございません。只今」

銀平は片隅に置いた行燈のもとに行き、火打ち石を打って火を点けた。たちまち魚油の臭いと橙色のぼんやりとした明かりの輪が広がり、すでに枡を傾けて飲んでいる勘次の姿を浮かばせる。小柄な痩せた男だが、鯨船の船頭もやり、怪しい奴と見ればすぐにしょっぴいて番屋で取り調べると聞いた。

「いよいよおれも隠居だよ。今日旦那に呼ばれてな、『いくつになった』と訊かれてよ、『五十になりゃあした』と答えてそれで終わりよ」

そう言って勘次は枡酒を呷る。薄い無精髭が酒で濡れて光っていた。

「三十にもならねえ同心どのに言われるんだぜ、五十面さげた男がよ。あー、いやだね、いやだいやだ」

その声を背中で聞きながら、銀平は小ぶりの二つの竈の火を熾して、一つで釜の湯を沸かし、もう一つで瓶からすくって鍋に入れた出汁を温めた。勘次の話を聞いてはいるが相槌も打たない。よけいなことは一切言わないというのが彼の性分だった。かといって愛想が悪いわけでもなく、誰に対しても腰が低く、丁寧な応対を心がけていた。

「いいねえ、ジイさんは。死ぬまで働けるものな。おれも蕎麦屋にでもなるんだったな」

勘次は急に口を閉ざして酒を飲む手を止め、薄闇に目を泳がせる。その様を見るともなしに横目で見ながら、銀平は木箱に並べ切り分けた蕎麦を一つ手にし、湯が煮えたぎる釜に放り込んだ。湯の中で蕎麦が生きもののように踊って浮き沈みする。

それは古里（ふるさと）の蕎麦だった。

蕎麦がきをつくって一晩寝かせ、それに蕎麦粉と大豆粉を混ぜて練り、切って麺にする。さらに一晩寝かせて茹（ゆ）で、水洗いしてもう一晩寝かせる。あとは客が来れば温めて出汁をかけて出すのだった。

出汁は炙（あぶ）った煮干しと昆布に醬油を合わせてつくる。下ごしらえには手間暇（てまひま）がかかるが、数を決めてつくり置きしておけば、客が来てから出すのがどこの蕎麦屋よりも早かった。

だが、箸ですくうたびにぶつぶつと切れる腰のない蕎麦は、最初の頃、江戸の住人にはたいそう不人気だった。「こんなもなあ蕎麦じゃあねえ」と怒鳴られ、鉢ごとたたきにぶつけて捨てられたことは何度もあるし、殴られたこともある。最下層の江戸っ子は何が気に入らないのかやたらと気が短く、口より先に手が出る。そんな時でも銀平はひたすら頭をさげて謝った。自分にはそれしかつくれないのだから、仕方がなかった。いや、本当はその蕎麦から離れられないさだめにあるというほうが、正しいのかもしれない。

温めた蕎麦を振りざるですくって、湯切りをして鉢に入れる。この時立ちのぼる湯気の中の蕎麦と仄（ほの）かな大豆の香りが、銀平は好きだった。たちまち懐かしさに心身がほぐされてゆく。そこへ煮立つ寸前の出汁をぶっかける。彼の蕎麦はそれだけのものであった。

箸を添えて湯気立つ蕎麦を勘次の前に置く。いつもなら勘次はすぐさま鉢を手に取り、粥（かゆ）をかき込むようにして一気に啜（すす）って食べるのだが、今日は何とも言えない気の抜けた顔で蕎麦に目を落としている。ふつうなら「どうなすったんで？」と話しかけもするのだろうが、銀平は黙って台所へと戻ろうとする。

「ジイさんよ」

背中で勘次の声がして銀平は振り向いた。勘次は蕎麦に目をやったままだ。

「おれはな、この道に入ったのは、大きな手柄でもあげて、この本所界隈でも顔が利くようになって、付届けをたくさんもらってよ、ゆくゆくは同心株でも買って武家の端くれにでもなろうと思っていたのよ。いやそれはよ、何もてめえの欲得のためじゃあねえ。後目を継ぐ倅に、ちったあ何か残してやりてえじゃあねえか。ところがどうだい。大物どころか小物も釣り上げられねえままこの齢になっちまって、もうすぐお役御免だ。貧乏暮らしだけが板について、しけた蕎麦屋で老いぼれ店主に愚痴をこぼして、安もんの蕎麦と酒を食らうのが楽しみなんていう情けなさよ。嬶に帯の一つも買ってやれねえし、せいぜいガキどもに飯を腹一杯食わせるのが関の山だ。哀れなもんじゃあねえかよ」

勘次は顔を上げて銀平を見る。雨だれのような愚痴をこぼす男ではあったが、これほど真面目に語ることは今までにはなかった。銀平はその言葉を持たなかった。飯を腹一杯食わせられたら立派なもんじゃあねえですか、と、気の利いた一言を吐く代わりに、彼は小さく唸る。

過ぎたことを悔やんだとてどうにもならないと、勘次自身身に沁みてわかっているはずだろう。いつもは上役の同心に媚びへつらい、愛想笑いを浮かべながら勤めを果たしているのかもしれない。

　このおれに愚痴をこぼして、幾ばくかでも気持ちが安まるなら結構なことだ。そんなことを思いつつ、彼は表情に何の感情も出さないで、勘次を見つめる。勘次はその視線から逃れるように鉢を取ると、一気に蕎麦を啜った。

　銀平が台所に戻って竃の火を落とす頃には、勘次は蕎麦を食い終わり、四文銭を五枚盆の上に置くと、履き古した雪駄を鳴らしてそそくさと出て行った。

　入れ違いに駕籠かき風体の男が二人入って来て、それぞれ蕎麦と酒を頼んだ。岡場所の女郎と寝た昨夜の話をして、ときどき下卑た笑い声をあげる。銀平は台所奥の酒樽に腰掛け、二人の会話を聞くともなしに聞いた。日銭を稼いで酒と女で憂さを晴らし、他には何も考えないでいい生き方だった。羨望はしないが、それも悪くないと思う自分がいる。

　二人が銭を置いて出て行く。外はすっかり暗くなり、生暖かな夜風が吹き込んで来る。銀平は銚子や鉢を片づけ、銭を台所の棚の隅に置いた小壺の中に入れると、冷たい金属音が鳴った。その音に、ついさっきまで身の内にあった熱が奪われてゆくようで、懸命に堪えた。

「こんばんは」

　女の声がした。手拭いを吹き流しにして被り、丸めた莚を抱えていた。黒い着物に赤い帯を締めている。女は慣れた感じで板間に上がって足を投げて座る。おケイという名の、数ヵ月ほど前から来るようになった常連客の夜鷹だった。二十半ばの年増で、店の中にたちまち白粉の匂いが漂うが、別に嫌な気もしない。

「いらっしゃい」

銀平は勘次の時とまったく同じように、腰を折って頭を下げる。そんな銀平を、おケイは決まって悲しげな眼差しでちらっと見てから、口もとを歪めて微笑む。小柄で童顔だった。小さな丸い目をして、飴玉を入れたみたいに膨らんだ頬がまだ娘の面影を残している。

夜鷹はつるんで同じ店に行くと聞いたが、彼女はいつも一人きりで来て、よく喋った。尋ねもしないのに、相手をした男客の話を一方的にしてくる。その話を聞いて欲しいというふうではなく、どちらかと言えば、沈黙の間を恐れて言葉で埋めているといった感じであった。だから喋ってはいるが言葉として理解できず、銀平にはただ破れた三味線が鳴り続けているとしか思えなかった。だがこの日は、蕎麦をつくる銀平の耳に、彼女の言葉が喉の渇きを潤す水のように入ってきた。

「御家人だかボケ人だか知らないけどさ。ほんとリャンコってヤになっちゃうよね。あたしたちを犬猫より下にしか思っちゃいないんだからさ。昨夜の奴なんて食い逃げしたんだよ。女を刀で脅してさ。恥ずかしくないのかね。ほんとヤになっちゃう」

「客を選べないのは蕎麦屋も同じでさあ」

勘次の時とは違い、おケイを見ないままで銀平はそんなことをつい口にしていた。挨拶と銭のやりとり以外でまともに言葉を返すのは、おケイに限らず初めてのことかもしれない。おケイはきょとんとして銀平を見ていたが、声をあげて笑った。

「大丈夫かい？　親爺(おやじ)さん何だか今日は変だよ」

そう言われて銀平は我に返った。

おケイには酒と蕎麦を同時に出した。酒は枡ではなく、銚子に入れて猪口(ちょこ)を添えた。彼女はゆっくりと味わうようにして猪口の酒を舐(な)め、蕎麦を口に含む。その間銀平は台所の酒樽に腰をかけて待つ。銀平自身は酒も煙草もやらなかった。若い頃は酒を飲んだが、この店を始める時に断った。近頃はときどき酒でも飲めば気も紛れるかもしれないと思ったが、それも一時のことだとわかっていた。酔いが醒(さ)めた時の虚しさは、若い頃すでに嫌というほど経験している。

「ごちそうさま」

おケイは大きなため息を吐く。食べ終えた際の吐息ではない。銀平はおケイの生業を想(おも)った。いつもならそれからすぐに銭を置いて出て行くのだが、その日はちがった。彼女は台所に立つ銀平を見つめた。明らかに何か言いたげだった。だが、彼女の口が開くことはなかった。

「何でございましょう」

痺(しび)れを切らした銀平が先に声を出した。

その声におケイは微笑む。だが小さな丸い目は笑ってはおらず、哀れみの色が浮かんでいる。銀平は彼女に自分と同じ匂いを嗅ぎ取り、あの日の坊さんと同じように己の本性を見透かされた気がした。やがておケイは何も言わないまま、銭を置いて出て行ってしまった。

　黒い板間に映る火影の中に、勘次が払ったのと同じ額、五枚の四文銭がある。毎日のように見ているはずの光景が今日はひどく侘(わび)しく、息が詰まるようで銀平は障子戸を開けて表に出た。

　人通りはまばらだった。向かいには材木置き場があり、月明かりに材木の色が青白く映じている。にわかに騒がしくなって目を移す。両国橋方面から男女の一団が大声で喋り合いながら歩いて来た。提灯も持たないその群れは、商家の花見帰りなのだろう。弁当箱の包みをだらしなく提げ、角樽(つのだる)を無闇に振り回している奴もある。近づいて来るにつれ、むせ返るような酒の匂いがたつ。連中は銀平など存在しないかのように、一瞥(いちべつ)もくれずに目の前を過ぎて行った。

　――願わくば、花の下にて、春死なん。

　桜を思えばあの坊さんを思い出すばかりで、花見のことなどきれいに消し去られてしまう。銀平は浮かれた奴らが闇にまぎれ、嬌声(きょうせい)が聞こえなくなるまで見送ると、店の中に戻った。

　酒樽に座って最後の常連客を待っていると、二人の影が戸口に立った。ボロをまとった物乞いの父親と男の子のそれだった。半年ほど前から毎晩のように銀平の店を訪れ、蕎麦を食べて帰るようになった客であった。支払う代金はその日によってちがっていて、だいたいは四文に満たなかった。たまに一文の金も持たない時がある。だが銀平は必ず一杯の蕎麦を食わせた。施しというより、日々の習慣として蕎麦を出しているというふうであった。

父親の齢は四十か五十かさだかではなかったが、男の子は七、八歳に見えた。二人とも綻びだらけの濃紺の単衣の着物を着て、父親は灰色の帯締め一本で、男の子は荒縄で縛っている。父親は伸びた髪を後ろでくくり、男の子は剃刀で切ったのか、短く乱暴に刈られていた。父親は草鞋を履いているが、男の子は裸足だった。二人とも煤を塗りつけたような顔をしている。男の子のほうは今すぐにでも店に入りたいのか、小さく足踏みをしていた。父親はなかなか中へと入ろうとはしない。

「お入りなさい」

銀平は静かに声をかけた。

「申し訳ございません」

父親は頭を低くして男の子の手を引いて入ると、四文銭を一枚差し出した。先に銭を出すのだが、ない時にはもう一度、「申し訳ございません」と謝った。

「ありがとうございます」

受け取ると、四文銭はじっとりと汗で湿っていた。

銀平が蕎麦をつくり始めた。傍に男の子が来て突っ立ったまま、彼がつくる様を食い入るように見つめた。いつものことだった。薄汚れた顔の中で、小動物のように白目だけが際立っている。銀平はときどき、この男の子が蕎麦を食べに来ているのか、つくり方を見に来ているのかわからなくなることがあった。

父親が四文の銭を払った時は、銀平は男の子にそっと一文銭を握らせてやった。最初は驚いた顔をして返そうとしたが、彼は笑顔でその手を押さえた。哀れんで施す銭ではない。しがない蕎麦づくりを熱心に見てくれることが素直に嬉(うれ)しかったのだ。

銀平は男の子をちらっと見る。彼は目を輝かせて銀平の手もとをじっと見つめていた。その目に生きる力を宿しているのをはっきりと感じる。

蕎麦が出来るまでの間、父親は上がり框に座って待った。銀平はいつものように一杯の蕎麦をきっちり二等分にして、二つの鉢に分けて出す。それを二人は上がり框に並んで座って食べた。当初は板間に上がるように勧めたものだが、父親が承知しなかった。

当然ながら湯屋にも行けないから、二人の身は悪臭を放っている。だがそんな二人から離れることもなく、銀平は傍に立って見ていた。父親には歯がほとんどないせいか、蕎麦を啜るというより飲んでいる。男の子はわずかずつ蕎麦を口に含んでは味わって食べていた。

二人は出汁の一滴、蕎麦の短い切れ端すら残さず食べ終えた。男の子は薄桃色の小さな舌を伸ばして鉢を舐めている。それが終わると父親が鉢を重ね、銀平に差し出した。

「ごちそうさまでございました」

父親は言って、男の子と一緒に深々と頭を下げる。

「お粗末さまでございやした」

銀平は鉢を受け取った。

二人が出て行くと静かになる。銀平は鉢を洗い、上がり框に座って虚ろになる。腹が痛んで重い。いつもなら蕎麦がきをつくって仕込みを始めるのだが、その気にならなかった。これで今日も一日が終わってしまったという感慨でしかない。

ふと無意識のうちに、勘次もおケイも物乞いの父子も、己の死への慰めにしようとしていることに気づく。彼らの中に自分と同じ生き様を見つけようとした。浅ましく、醜い気持ちではあったが、そうでもしないとやり切れなかった。

いつにない疲れを覚える。明日の分の蕎麦はつくり置いてあるので間に合う。今日はもう寝ようと思った時、「ごめんよ」と言って入って来た男があった。

「あいすみません。今日はもう蕎麦を切らしてしまいまして」

「銀平どん、久しぶりだな。丑吉だよ」

言われて銀平はその顔を思い出した。

「これは親分さん、お久しゅうございます」

銀平は頭を下げながら、胸がざわつくのを感じる。

「おれも齢を食ったが、おめえさんも老いぼれちまったな」

丑吉は笑った。小紋のついた長羽織を着て、白髪まじりの、齢は五十前後の小太りの男だった。紅い羽織紐についい目がいく。後ろに子分と思しき鋭い目つきの若い男を二人、引き連れていた。子分の一人が持つ提灯の灯りが、丑吉の二重顎や目の縁の暗い隈をあらわにしている。

「なに、ちょっと近くまで来たんで寄ってみたんだ」

丑吉は上がり框に腰を下ろした。

「では、お茶でも」

「野暮(やぼ)だぜ、銀平どん。酒にしてくんねえ」

図々しい物言いに相変わらずだなと感じながら、「わかりやした」と言って台所へと入った。酒樽の栓を開けて枡に入れながら、この男と会うのは先代の十三回忌の法事以来だから、十七、八年ぶりかと銀平は思い返していた。


かつて銀平は、本所一帯の普請場に人足を手配する、忠兵衛(ちゅうべえ)という男のもとで働く人足の一人だった。

忠兵衛は数多くの素性の知れない人足を束ねながら、裏では東両国界隈で起きる喧嘩(けんか)や商いにからむ揉(も)めごとを引き受けて治める役割を果たしていた。役人や町役からも信頼が厚く頼られ、賭場を開く貸し元となってもお縄になることはなかった。賭場のあがりは食えない人足やその身内のために使われており、おかげでかえって治安が良くなったと評判になるほどであったからだ。銀平はそんな忠兵衛に心酔し、人足仕事もそこそこに賭場に入り浸り、博奕(ばくち)で儲けた金を一家に惜しみなく入れた。

銀平は博奕に強かった。大きく負けたことは数えるほどしかなく、常に五両以上もの銭を稼いだ。いつしかその名は東西両国界隈に知れ渡り、出入りを禁じられると神田や上野のほうにまで足を伸ばし、盛んに〝出博奕〟をやったものであった。だが彼には銭への執着がほとんどなく、稼げばその日のうちに一家に入れ、飲み食いする分以外に、自分には一文も残さなかった。

忠兵衛が病で突然倒れると、そのどさくさに一人息子だった丑吉が跡目を継いだ。とたんに他の一家との間で凄まじい縄張り争いが始まった。銀平は忠兵衛が親分でなくなった以上、足を洗うつもりだった。忠兵衛の遺言もあった。彼が亡くなる三日前、銀平は病床に呼ばれた。

「わしの一生の不覚よ。丑吉が跡をとったんじゃあ始末に負えねえ。おめえは堅気になりな。博奕を続けた奴はろくな死に方をしちゃあいねえからよ。おめえにだけは仕合わせになって欲しいのよ」

忠兵衛は目に涙を滲(にじ)ませて言った。

命の恩人に逆らう余地など、銀平にはみじんもなかった。

だが丑吉から、「他の一家に勝つためには役人への付届けが必要だから、最後に大勝負をしてくれないか」と泣きつかれ、最後の奉公のつもりで博奕を引き受けた。

その大勝負とは〝八州(はっしゅう)博奕〟だ。これは五年に一度、八州の名だたる一家が持ち回りで貸し元となり、山奥で丁半博奕の賭場を開くというもので、ひと晩に一万両もの金が動くといわれていた。これに銀平は出て、わずか半刻の勝負で五百両もの金を稼ぎ、それをそっくりそのまま丑吉に渡した。そして丑吉はその金にものを言わせて敵対する一家の子分らを引き抜き、一家の危機を救ったのだった。

銀平は足を洗うと丑吉の縄張りの元町（もとまち）で蕎麦屋を営むようになった。本来なら家賃や所場代を払わなければならないところだが、一家存続の功労者ということで免じられた。ありがたかったが、忠兵衛亡き後の丑吉のやり方には賛同しかねるものがあった。人足手配をやめてしまうと、人足をやくざ同然の子分として使い、東両国で商いをやる者たちから所場代を過剰に取って私腹を肥やすようになったのだった。当然ながら一家の評判は急激に落ち、事情を知る客たちの口からそれを聞くのはつらかった。

やり方も性格も忠兵衛とはまったく正反対の丑吉だった。自分とそりが合うはずはないと、銀平ははなからあきらめていた。今日いきなり訪ねて来たのも、何か魂胆があってのことだろう。

「ああ、酒はいつ飲んでもうめえなあ」

銀平から枡を受け取るなり、丑吉は喉を鳴らして半分ほど飲んで言った。

「それで、今日はどういったご用件でございましょうか」

「いやなに、ちょっと近くに来たんで、おめえさんの面（つら）を拝んでおこうかと思ってな」

その口ぶりに、それだけではないはずだ、と銀平は感じる。

「さようでございましたか。おかげさまでこの通り変わらず商いをさせていただいております」

いっそう腰を屈めて銀平は言う。

「そうかい、そりゃあよかった」

丑吉が残りの酒を飲み干すと立ち上がった。

「じゃましたな」

といったん行こうとして丑吉が振り返った。

顔つきが今の今までとちがって見えた。

「ああそうだ。言い忘れるところだった。すまねえがな、これからは盆暮れに一度ずつ、所場代を納めてもらいてえんだ。いや所場代っつったって、あがりを十に刻んでそのうちの一をこっちに寄越してくれりゃあいい。知れてるだろうよ」

「へえ、納めさせていただきますが、あっしに何か手落ちがございましたでしょうか」

思わぬ反撃を受けて丑吉は一瞬気色ばんだが、すぐに笑顔をつくった。

「なあに、近頃はまた縄張り争いもきつくなってきてな。少しでも役人への付届けを多くしておきたいんだよ」

理由になっていなかった。こんなちっぽけな蕎麦屋から所場代を取るようでは、一家も終わりではないか。何より一度契ったことを反故にするのは仁義に反していた。だがここで抗弁したところで、物分かりの悪い意固地な丑吉が承知するはずもないだろう。子どもの時分からの聞き分けの悪さを、「これもわしと女房が甘やかしたからだ」と忠兵衛が嘆いたのを銀平は憶えている。

「さようでございますか。では仰せの通りにいたします」

銀平は頭を下げた。

丑吉は笑みを浮かべて枡を壺皿に見立て、振る真似をする。

「時に銀平どんよ。近頃はどうだい。やってねえのかい」

「足を洗ってからは、一度もやっちゃあおりません」

「そうかい。あのな、今年は八州博奕の年にあたってるんだが、どうだい久しぶりに」

「いえ、この通り耄碌しましたし、博奕はもうやらないと決めておりますので」

「そう言うなよ。もちろん元金はたっぷりこっちで用意するぜ」

「申し訳ございません。もし親分にご迷惑かけたとあっては、あの世に逝った時に先代に合わせる顔もございませんので」

丑吉はとたんに不機嫌な顔になって舌打ちした。

「おい行くぜ」

と手下らに言うと、枡を銀平に投げ返して出て行った。

せちがらい世の中になったものだと銀平は思った。猫の額ほどの東両国界隈で縄張り争いをするなど、忠兵衛が生きている頃には考えられないことだった。やくざ者であっても、いや、やくざ者だからこそ労わり合い、支え合って生きていかなければいけないと、忠兵衛はことあるごとに銀平たちに言って聞かせたものであった。

　銀平は枡を洗うと、今日は仕込みをせずにもう寝ようと思った。ボロ家なので泥棒の心配もなく、心張り棒をしたことはなかった。かつて夏場などは戸を開け放って寝たが、ある晩に野良犬に入り込まれて台所の蕎麦を食い荒らされたので、それ以来ようやく閉めるようになったほどであった。

　板間の奥には赤茶けた衝立が立てられ、その裏側には二枚の古畳が敷かれ、小箪笥と寝具が置かれていた。銀平はそこから蒲団を運んで板間に敷き、行燈の火を吹き消して横になった。真冬には夜着を被ったが、それ以外は敷蒲団と枕ひとつで寝た。腹の痛みは治まったが、丑吉の訪問は銀平の過去を呼び覚まし、なかなか眠らせてはくれなかった。

（何で今になって……）

　銀平は根っからの博奕打ちだった。だが放蕩者ではなかった。張り詰めた賭場の空気と、煙草の煙や酒臭い荒い呼吸の中、自分がどこにいるのかさえ忘れ去るほど全神経を壺に集中させ、感情を無にし、全身から〝気〟を放射する。その感覚に堪らない快感を覚えた。

　博奕から足を洗った後も、蕎麦屋になりたての頃は、今日は何人の客が来るか、次に来る客が人足か職人か、男か女か、一人か二人連れかなど、無意識のうちに賭ける自分がいた。

　辞めて十年ほどは賭場で賭ける夢もよく見た。それは決まって大金を失い、これで命がないと青ざめる夢だった。目覚めると冬でもびっしょりと寝汗をかき、夢であったことに心からの安堵の息を吐いた。だが同時に、いつまで博奕にとらわれて生きなければならないのかと、言葉にできない恐れを抱いたのも確かだった。

八州博奕という言葉に、微かだが、何とも言えない心の疼き(うずき)を感じた。

深閑とした暗闇の中、彼はひとりきりだった。

やっぱり仕込みをしておこう――、銀平は寝床を抜け出し台所へと向かった。

第二章 貝殻餅

「旦那、どこか体の具合でも悪いんでねえですかい」

　初夏のよく晴れた日だった。早朝、いつもの百姓の男が来て肥を汲み、帰る間際に訊いてきた。

「別に何ともねえですが……」

　微かに動揺を覚えながら銀平は言う。

「いえ、なに、悪くねえならいいんですが……ちょっと便の色が黒かったんで、食い物に気をつけたほうがいいかもしれねえと思いましてね」

「そうですかい。それはご親切にすみません」

「どこも悪くねえなら、それでいいんでさあ」

　百姓は笑顔で言うと、時期外れの痩せたタケノコを三本置いて出て行った。もう十年以上前から肥汲みに通って来てくれている百姓だった。わかっていることとはいえ、銀平は百姓の言葉に少なからず衝撃を受け、しばらくの間たたきに立って障子戸を眺めていた。とにかく体を動かして働こうと、気を取り直して台所に入るまでに閑（ひま）がかかった。

店を始めてすぐに店内に熱気がこもった。銀平は表の障子戸と裏の戸を開け放ち、風を通した。裏から暖かな風が入ってきて表へと抜けていく。

午（ひる）どきに六人の客が次々に来て、帰って行った。夕方まではもう客は来ないだろう。この間に少しでも食べておこうと、緩い粥をつくって梅干しを添え、台所の酒樽に座って食べた。美味（うま）いとも不味（まず）いとも感じない。銀平にとって食うことは一つの楽しみであったのに、今はそれが奪われたようで、脱力するばかりであった。

粥を食べて洗い物を済ませると、他にやることもなくなり、上がり框に座って開け放った戸口の向こう、表を眺めた。東両国の見世物小屋で鳴らされる太鼓の音が、微かに聞こえている。行き交う人はまばらだった。鋭く刺すような陽光が地面を照らしている。時おり吹く風に、乾き切り、白茶けた土埃（つちぼこり）がたった。

たたきの陽だまりに人影が映った。客かと思ったが、その人影は中に入ろうとはしない。

銀平は目を上げて戸口に立つ者を見た。女だった。女の顔を見た時、強烈な既視感にとらわれて彼は思わず立ち上がった。

女がぎこちなく微笑むと、細面の顔全体に深い皺が刻まれた。彼は口をわずかに開いたが、言葉がすぐに出て来ない。ただ驚きの表情を歪めて笑みを返すのが精一杯だった。女は敷居をまたぎ、ゆっくりとした動作で店の中に一歩足を踏み入れると、立ち止まった。

「どうも。お久しぶり」

と、女は言った。

声の調子はいくらか低くなっていたが、あの女のものに間違いなかった。声は顔ほどに変わらないものだと思った。

「そうさな……何年ぶりになるかな」

「さあ、どうでしょう……百年にはならないと思うけど」

その戯言(ざれごと)を真に受けそうになる自分がいる。

「今、忙しい?」

「いや、どうぞ上がってお座りになってくだせえ」

「ここでいいの」

女は上がり框の端に座った。

「ちょっと長く歩いたもんだから、足が汚れちゃって」

銀平は女の足もとを見た。素足に歯のちびた薄紫色の鼻緒の下駄を履いている。藍色の市松格子柄の着物に紅色をした花柄の帯を締めているが、擦り切れて着古しているのは明らかだ。髪の半分ほどが白髪になり、その頬には二、三本のほつれた髪が見えている。色白の肌は昔のままだったが、化粧気のない顔には取れようもない皺が刻まれ、どこか生活の苦労を滲ませていた。

「いえね、たまたま丑吉親分のところに立ち寄ったら、あんたが蕎麦屋をやってるっていうもんだから」

　女はたたきに目を落としたままで言う。

「そうですかい。蕎麦っつってもお前さんのよく知ったあれでさあ。別に美味いもんでもねえんでさあ」

　銀平がそう言うと、女は寂しげな眼差しで彼を見た。とたんに彼はその女が女房だった頃、四十年近く前の日々を思い出した。

　名をおようといった。銀平より三つ下だから、五十七の齢になるはずだ。

「せっかくだから、一杯どうです」

「そうしたいんだけど、今日は買い物したからお銭がもうなくて」

「銭はいらねえから」

　銀平はおようの目から逃れるように台所に入ると、竈の埋み火を掘り、柴木と薪を入れて燃やした。

　おようが嘘をついているのは、声の調子ですぐにわかった。昔から嘘の下手な女だった。今になってなぜ訪ねて来たのかさだかではなかったが、少なくともいいことでないのは確かだろう。

忠兵衛のもとで人足として働くようになって六年後の二十歳になった時、銀平はおようと夫婦になった。

およは、人足連中が午となく夜となく通い詰めていた一膳飯屋で働く女だった。どこから流れて来て、忠兵衛に仕事の口入れを頼んだという話だった。働き者で器量がよく、目をつけて口説こうとする人足が後を絶たなかった。その頃の銀平は岡場所の女は知っていたが、町場の女とは縁がなく、おようをいい女だとは思いつつ、遠くから眺めているような塩梅であった。

そのうち何かが変だと勘づいた。他の人足よりも自分の飯の盛りが明らかに多かった。そしてときどき、目が合った。おようは微笑んでいたが、銀平は目を逸らした。

釣り銭を銀平に握らせて、おようが耳もとで囁いたことがあった。

「あたしのこと、嫌い？」

「嫌いじゃあねえけど」

銀平はぶっきらぼうに答えた。

ある日、忠兵衛に呼び出され、おようと所帯を持つ気はないかと訊かれた。おようがいつの間にか忠兵衛に直談判してそんな頼みごとをしたというのだ。断る理由はどこにもなかった。

そのひと月後、忠兵衛夫婦の媒酌でささやかな祝言が開かれ、銀平とおようは夫婦になった。

楽しい夫婦生活だったが、身寄りがないというおようは、子どもの時分から一膳飯屋に勤めるまでの過去を一切話そうとはしなかった。銀平も、おそらくは何かつらい目にあったのだろうと察し、あえて訊くこともなかった。過去を話すつらさは彼自身が身に沁みていた。

だが夫婦になって五年後、おようは家を出て行った。

決定的な理由は銀平にもわからなかった。稼いだ金はすべておように渡したし、酒も女もやらなかった。ましてや、博奕で迷惑をかけたことなど一度もなかった。博奕のために夜はしょっちゅう家を空けたが、それも、おれはこういう男だと夫婦になる前に言って聞かせてあった。

ただ、気がかりは子ができないことだった。おようは欲しがり、それなりに営みはあったが、どういうわけか子宝に恵まれなかった。とはいえ夫婦仲が悪かったわけではなく、銀平なりに大事にしてやっていたはずだった。

噂では忠兵衛の家に出入りしていた若い小間物売りの行商と懇ろになり、一緒に逃げたという話だった。忠兵衛は若い衆の手を借りて探させようとしたが、銀平は断った。彼はおように対して、憎しみや恨みといった気持ちを抱くことはなかった。それどころか、おれはもともと女を仕合わせにはできない男だ、別れてよかったんだと思うほどだった。

それにしても、どうして今なのかと感じる。

憎悪の気持ちはないとはいえ、若い時分なら戻って来たおようを引っ叩いたり、怒鳴りつけたりしないとも限らない。だが齢を重ねてみると、おようが突然あらわれたことが、いいことでも悪いことでもないような気がする。あるがままに受け入れるしかなかった。

「どうぞ食べてくだせえ」

銀平は湯気が立ちのぼる蕎麦を、おようの脇に置いた。おようはしばらくの間、じっと蕎麦を見つめていた。おれが見ていると食べづらいだろうと、銀平は少し離れて腰を下ろし、できるだけ見ないようにした。

「いただきます」

おようは手を合わせてから鉢を持ち上げ、箸を取って食べ始めた。

その昔、何度も食べさせた蕎麦だった。箸使いの上手い彼女は、蕎麦をぶつぶつと切らないでそっとすくい上げ、口に運ぶ。ただ食べるのが遅かった。

食べる音を聞きながら、昔と同じだなと銀平は思った。

陽が翳り、たたきの陽だまりが消えて暗くなる。吹き抜ける風が冷えてきた。竪川をゆく船頭の歌が長閑に聞こえ、過ぎていった。

「ごちそうさま」

おようは鉢を置いて手を合わせた。

「昔と味は変わらないでしょう」

「……やめてくれない？」

およう は前を見たままで言う。

「何をです？」

「その言葉遣い。あたしは客でも何でもないんだから」

およう の口調に角(かど)はなく、とても柔らかだった。

「わかったよ……丑吉親分のところへは何の用で行ったんだい」

「別に、まあたまには挨拶しとこうと思ってね」

また嘘をついたと思った。きっとおれの居場所を尋ねるために行ったのだろう。

「でも……食べてみると、味より匂いのほうが懐かしく感じるもんなんだね」

およう は微笑み、銀平を横目で見て言った。

「ああ、そうかもしれねえな」

「お互いに齢とったね」

「そりゃあそうだろう。おれはもう六十だ」

「そう……あたしはもう齢なんか数えなくなったけどさ」

「うん、数えたって意味はないよ」

二人は目を合わせて小さく笑った。銀平の目に鉄漿(かね)をつけた歯が映る。下の前歯が一本欠けているのが見えて、胸が締めつけられる。

笑いが途切れた時、およう は真顔になり、目を伏せる。

銀平は笑顔を凍てつかせたまま、彼女の横顔を見ていた。

沈黙の中でにわかに陽光が射し、店の中を明るくする。

およう は思い出したように立ち上がった。

「ありがとう。美味しかった」

「もう帰るのかい」

「今日は遠出したから」

「また来いよ」

「ついでがあればね」

「ついでがなくってもいいじゃあねえか」

「……そうね」

おようは笑顔を銀平に向けたが、やはりひどく寂しげだった。のろのろとした歩き方でおようは出て行った。後ろ姿が子どものように小さく見えた。

その後、銀平は訪れて来る常連客に蕎麦をつくって出した。

おようとの過去が切れ切れに思い浮かんでは消えていった。だが意外なほど嫌なものではなく、逆に温かくも感じられる。それだけおようがいなくなってからというもの、単調な暮らしぶりであったのだと、今さらながら感慨を深くした。

勘次、おケイ、物乞いの父子に蕎麦を出し、一日の商いが終わった。物乞いの男の子は相変わらず銀平の仕事ぶりを見守っていた。いつになく、何か話しかけてやりたくなったが、銀平の手もとを見つめる男の子の目は、邪魔をするなといった気を放っていて、銀平は黙りこんでしまった。こんな気分になるのも、おようのせいではないかと感じた。

障子戸を閉めると、銀平はいつものように蕎麦がきをつくり、一方で切った蕎麦を茹で、それを一食分ずつ木箱に寝かせてゆく。いつしか腹の痛みがひいていた。

これもおようの影響か――、あまりに都合のいい甘い考えだと銀平は苦笑した。

そろそろ寝ようと思い、台所から板間へと向かおうとした時だった。大きな石でもぶつけられたように障子戸が鳴った。誰か入って来るのかと身構えたが、その気配はない。だが呻き声が外から聞こえてくる。

銀平が戸を開けると、そこには若い町人の男が倒れていた。履物は履いておらず、どこか痛むのか、顔を歪めている。誰かに追われているのかもしれないと思った。銀平は男に肩を貸して立ち上がらせ、板間に寝かせると、戸を閉めて心張り棒をした。

行燈の暗い灯りに照らされた男の左頬は腫れ上がり、左腕を浅く切られて血が流れ出している。銀平は台所から小壺に入れた軟膏と手拭いを持って来ると、男の腕に塗り、手拭いで縛り上げた。そして蒲団を敷いて横にならせた。男は無精髭を生やし、一見して堅気には見えない。口からは酒臭い息が漏れている。どこかで喧嘩でもして逃げて来たのだろうか。

「ちくしょうめ……ちくしょう」

夜着を掛けてやろうとした時、男が終始右手で懐を押さえているのに気づいた。最初は腹でも殴られて痛むのかと思ったが、そうではないと直感した。

銀平は夜着を掛けて枕もとに座った。

「にいさん、大丈夫ですよ。もうここまでは追っては来ねえでしょう。起きておくんなさい」

男は薄らと目を開けて銀平を見た。その目の色に荒んだものを感じる。

「その懐の銭はどうしなすったんです？」

一瞬、男は目を剥いた。銀平は微笑んだ。

「心配には及びません。あっしは銭を横取りしようとか、番所に届けようなんて了見じゃあございません。ただ、あんまり筋のいい銭ではねえのでは、と思いましてね」

銀平を長く見てはいられない、といった感じで、男はその目を宙に泳がせた。

「にいさんの名は？」

「……清太だ」

「清太さん、こう見えてあっしも昔は、やくざ稼業に片一方の足を入れてたんです。だからまあ、堅気でないことの苦労も散々してきたし、きったはったの場もこの目でよく見たもんです。こうなったわけを話すだけ、話しちゃあくれませんか」

銀平は静かに言ったが、なぜこんなことを会ったばかりの男に話すのか、自分でもよくわからなかった。もう十年分も一度に話した気がする。

清太は銀平の言葉をじっと考えているようだったが、ゆっくりとその身を起こした。微かに風が起きて行燈の灯りを揺らす。明滅する灯りが、しっかりと懐を押さえる右手を映じた。指の骨張った節に、力が込められているのがわかる。銀平は彼が口を開くのを待った。

「これは……賭場の銭だ」

清太は銀平を見ないで言った。

賭場と聞いて銀平の血が疼く。

「賭場を荒らしたんですかい」

「ちがう。ありゃあいかさま博奕だ。でなけりゃあ五つも続けて半目が出るわけねえ。だからおれは、儲けたはずの銭をもらったんだ」

「そうですか。でもね清太さん。あっしも賭場には出入りしていましたが、七つや八つ、続けて半目や丁目が出たこともありましたよ。もちろん、いかさまじゃあねえとは言い切れねえかもしれません。けどその証を立てられない以上、負けは負けです。負けた腹いせに賭場のあがりに手をつけるのは筋が通りませんよ。他にも客はいなすったのでしょう？　明日生きるか死ぬかの銭を張っていた客もその場にはいたはずです」

清太は鼻で笑った。

「賭場だぜ。どうせ泡銭(あぶくぜに)だ。どうなろうが知ったこっちゃあねえや」

「あっしはね、負けがこんで明くる日には、首を括(くく)ったお人を何人も知ってましてね。一家心中だってありましたよ」

銀平は自分でも滑稽なほど真剣な眼差しで、目の前にいる若者を説得しようとしていた。

清太は嫌な顔をして黙り込む。

「それに、賭場のあがりを盗んだ者は必ず始末されます。逃げ切った者はあっしの知る限り一人もいやしません。貸し元というのは草の根分けてでも探し出すもんです。そんなことを赦したとあっちゃあ一家の恥、名折れですからね」

脅しではなかった。銀平が知っているだけでも三人のやくざ者が密かに始末され、大きな石を結えつけられ、大川に放り込まれている。

清太の顔色が明らかに変わった。

「貸し元はどちらです？」

「……浅草、元吉町の」

「権蔵親分の縄張りですね」

清太が吸い込まれるように銀平の顔を見つめた。

「あの親分さん、まだ達者でいなさるのか」

銀平はひとりごちた。自分よりも齢が二十も上で、忠兵衛の弟分のはずだった。直接話したことはないが、忠兵衛の三回忌や十三回忌といった法要の際、遠目に顔は見たことがある。

権蔵は左目に眼帯をしていた。若い頃、忠兵衛と一緒に殴り込みをかけた先で、匕首で突かれて失明したという話だった。昔気質の親分で、筋の通らないことは絶対に赦さないと、忠兵衛からも聞かされていた。

「頼む。見逃してくれ。今晩だけ泊めてくれりゃあいいんだ」

清太は切羽詰まった声をあげる。

銀平はじっと清太を見つめた。腫れていなければ、目鼻立ちのはっきりとした、何かをしっかりと考えている顔に感じる。銭という欲に目がくらんで盗んだような、そこいら中に転がる根っからの悪党の面には見えなかった。清太は銀平の視線に耐え切れないように目を伏せ、懐から外した右手で夜着の端を強くつかんだ。銀平の目にはこの男が、飢えて痩せ細り、食いものを求めて路地をほっつき歩く哀れな野良犬に見えてきた。

「腹は減ってねえですかい」

清太は小さくうなずいた。子どものような素直さがある男なら、まだ堅気になれる見込みがある。

銀平は台所で竈の火を熾し、蕎麦をつくる用意を始めた。

板間のほうを覗くと、清太がゆっくりと身を横たえる姿が見えた。つくりながら、縁を想った。根っからの博奕打ちだったこのおれのもとに、賭場を荒らした若い男が転がり込んできた。しかも荒らした賭場の貸し元は、忠兵衛の弟分だった。清太という男を何とか助けてやりたい気持ちにもなったが、それが無理であることは、彼自身が一番よくわかっていた。

蕎麦ができると鉢を清太に手渡した。一口食べた時、清太は変な顔をして銀平を見た。

「粥みてえな蕎麦だな」

「不味いですかい」

「いや、美味い」

と言うなり清太は鉢に口をつけてかき込んだ。

痛むはずの左手を使ったところを見れば、よほど腹が減っていたのだろう。一気に食い、出汁を一滴残らず飲み干すと、深い吐息を吐いた。

「もう一杯食いますかい」

と訊いたが、清太は空になった鉢に目を落としているばかりで答えない。

「どうしました」

清太が笑みを含んだ顔で銀平を見た。

「久しぶりにまともな飯を食ったなと思って」

「そりゃあようございました」

「ごちそうさまでした」

清太は手を合わせて言った。その様を見て、やはり根っからの悪党ではないと銀平は思った。

「白湯(さゆ)でも飲みますかい」

「もういい。これ以上おれにかまわないでくれ」

清太は我に返ったみたいに苛立った声をあげ、蒲団に戻って夜着を頭から被った。

銀平は行燈の火を吹き消した。台所に行くと、鉢を洗い、竈の火を落とす。暗闇の中で酒樽に座って体を休めた。今日はいろんなことがあったが、吐血もせず、無事に働けたと安堵した。

そういえばおようが来たのは今日のはずだったが、何日も前の出来事のように感じる。それに比べて、蕎麦屋を続けてきた三十年もの歳月があっという間の感覚だった。時の流れというのは妙なものだと彼は思った。

火の用心の拍子木を打ち鳴らす音が近づいてくる。表の障子戸に青白い月明かりが映っていた。

銀平は重い腰を上げ、衝立の向こうに行くと畳に横になった。清太の鼾が聞こえている。畳は固く、冷え切って体が温まることはなかった。

なかなか寝つけず、眠ることをあきらめ、身を起こした。しじまの中で清太の鼾が規則正しく刻まれていた。夜が深くなるにつれ、店の中は冷気が満ちてくる。

「ふざけんな、この野郎！」

突然清太が大声を上げて、夜着を撥ね除けた。

何ごとかと驚き見たが、清太は鼾をかいて寝入っている。

うわ言だった。切られながらも賭場から銭を盗んで逃げたのだから、その恐怖は当然だった。

銀平は清太の枕もとにいざり、夜着を掛け直してやった。そして清太の顔を見つめた。暗闇に目が慣れ、清太の顔がぼんやりと浮かぶ。眠るその目鼻立ちは幼子を思わせた。

幼い頃の自分を重ね合わせつつ、銀平は遠い昔の記憶に思いを馳せた。


銀平の生まれは弘前藩領内の寒村だった。

一番古い記憶は濃厚な土の匂いだ。飢饉が昂じた時、まだ幼な子の銀平はひもじさのあまり土を食べた。燦々と照り輝く真夏の太陽の下で、乾いた土を爪で削って口に入れ、唾で溶かした。その匂いの後には死臭が続いた。それが消えると父親の五助とともに山中を彷徨い歩き、柴木や草で腕や足を切って傷だらけになった記憶が甦ってきた。

後に銀平が少年となり、ものの分別がつくようになった頃に、五助から飢饉の有り様を聞かされた。

「ありゃあ、地獄だった」

五助はふだんは無口な男だったが、酒を飲むと饒舌になった。飢饉のことに関して言えば、体の中から出さないとやり切れないといった感じで、五助は静かに言葉を吐き出し続けた。稗や粟ですら採れなかった。山菜や雑草を食い尽くし、木の皮まで剝いで食べ、牛馬、犬猫が捌かれた。百姓たちは次々に飢えて死んでいるというのに、役人はろくに見回りもせず、失政による改易を恐れ、その実態を江戸表に知らせることもしなかった。それどころか、大量の米を江戸や大坂に送っていたという。

「バカな奴らだ」

唾棄するように五助は言った。

一百姓がそんな内実をいつ知ったのかはわからない。だがいずれにしろ、五助はよくものを考えて生きている男だった、と銀平は今にして思う。

五助が言葉を途切れさせる数瞬があった。大柄なのに丸顔で丸い目をしているのが滑稽に見える男だった。虚ろで、それでいて、怯(おび)えた目は脳裏に焼きついた光景を思い浮かべているように見えた。

「あれはあっちゃあいけねえことだ」

と五助は度々ひとりごちた。

「あっちゃあいけねえことって何だい？」

銀平が訊いても五助は答えようとはしなかった。だが銀平は薄々勘づいていた。記憶に蓋をして、あのことは夢か幻だと言って聞かせて封印をした。

銀平の家はただでさえ貧しい百姓家だった。兄弟は上に六人いたが、母親とともに四人が餓死した。五助は生き残った長兄と次兄、末っ子の銀平を引き連れ、村を捨てて欠け落ちをした。だが山中を走って江戸を目指す間に、二人の兄は空腹のあまり力尽き、相次いで亡くなってしまった。その後、五助はまだ八歳の銀平とともに、命からがら江戸に流れ着いたのだった。

すでに江戸の町も飢えていた。多くの人々がそこかしこに行き倒れていた。五助は銀平を連れて御救小屋に行き、何とか飢えをしのいだ。日に二食出たが、顔が映る、水のように薄い粥だった。

先行きの見えない中、五助は御救小屋で親切にしてくれた男の仕事を手伝うようになった。男は盗賊の一人だった。仲間を集めるために御救小屋に入り込み、飢えと貧しさにつけ込み、言葉巧みに悪の道に引き入れた。

五助は盗人の手引きや見張りをした。浅草の溜近くにある荒れ寺に仲間とともに住まい、悪事を続けた。

当然ながら仕事は夜が多かった。その間、銀平は小部屋で他の盗賊の子どもたちと一緒に遊んだ憶えがある。

江戸に来て二年後に新鳥越町の裏店に移り住んだが、五助はそこで死ぬまで悪事に手を染めていた。

博奕を覚えたのも、その頃だった。

覚えたといっても、子どもの身でやることはなかったが、五助が彼を賭場に連れて行き、丁半博奕を見せた。

そのうち、何となく、勘で出目がわかるようになった。胸の内で「丁」「半」と呟いて当て続けた。後ろから五助の袖を引いてそれを告げたこともあったが、「ガキは黙ってろ」と叱られ、相手にされなかった。そのせいか五助はいつも負けて、すってんてんになっていた。

「どうしようもねえんだ」

五助は口癖のようにそう言った。何に対して言うというのでもなく、ふと口をついて出るといった感じであった。古里の強い訛(なま)りと江戸の言葉が渾然(こんぜん)となり、不思議な調子を帯びていた。

あの頃、他人の物を盗むことは悪事だと、銀平にもわかっていた。だがその悪事によってご飯を食べさせてもらい、育ててもらったことは動かし難い事実だった。おれの骨や肉は悪事でできている、とも思った。だからどうしても悪事を疎み、憎むことができなかった。

一方、楽しみといえば食べることしかなかった。食べている間は嫌なことも忘れられた。それに五助は銀平をたいそう慈しんでくれた。悪党とはいえ、絶対に食うことに困らせまいという強い意志、食に対する執念を、銀平は子どもながらに感じ取った。安価で美味い食い物があると知れば、銀平を連れて食べに出かけた。

だが銀平はどんな美味いものよりも、五助がつくってくれた蕎麦を好んだ。飢えで苦しむまでの百姓時代、農作業の合間、おやつ代わりに食べた蕎麦だった。家というより、村に代々伝わる蕎麦で、手早く腹を満たしてくれた。銀平が蕎麦屋を始めたのも、それしかできないということもあったが、五助への恩返しといった思いのほうが強い気もする。

ときどき、五助は美しかった古里の情景を――それは酒を飲んだ時に限られたが――陶然となって語って聞かせてくれた。あたり一面の雪景色になった時は、風に舞った雪が陽光に照らされ、まるで金粉のように輝いていたとか、夜になると月光に青白く光る雪の色に見惚れたとか、目に浮かぶが如くこと細かに五助は話した。そして時には涙ぐんだ。涙の中に、銀平は飢えや病で亡くなった母親や兄弟たちの影を見た。

もう五十年以上前の記憶だった。朧げにもならず、色褪せもしなかった。それどころか、齢を重ねるほど濃厚になってゆく。死が近づいているせいだと銀平は思い込んだ。

五助が亡くなったのは、銀平が十一歳の時だった。それまでになく痛みに苦しむ五助を何とかしたい一心で、裏店中を駆け回って助けを請うたが、人を連れて戻って来た時にはすでにこと切れ、冷たくなっていた。裏店の連中が弔ってくれ、浅草の金竜寺に無縁仏として葬られた。銭もない流れ者とあっては、無縁仏にするよりほかなかった。

五助を看取れなかった悔いだけが、銀平の中に残った。その気持ちは今でも変わらない。あれは師走の廿日、雪が降り積もった寒い晩だった。ただでさえ寂しい、うらがれたような日に、誰にも看取られず、たった独りきりで死んでいった五助の心境を思うと、銀平は今でも胸が締めつけられる。

痛みに苦しむ前、五助は銀平の手を握り締め、こう言ったのだ。

「銀平、おれは屁みたいなもんだった……音が出ようが出まいが、臭いがしようがしまいが、瞬きしてる間に終わっちまう。人さまに嫌われても好かれるこたあねえ……おれは屁みてえに生きたんだ……居ても居なくてもどうでもいい、くだらねえ男よ……おれは所詮は屁だったのよ」

それを聞いて銀平は思わず五助の節くれだった手を振り払った。五助という男が人間ではないような気がした。本当に屁みたいに感じて、全身が総毛立った。このおれを育ててくれたという恩ある親という存在より、屁のほうが勝っている気がして、恐ろしくなったのだ。

お父っつぁんみてえに死にたかあねえが、そうなるさだめなのだろうな。

いや、でも、あんなふうに死にたくはねえ。屁みたいになりたかあねえ。

そう強く願ったが、五助が死んでから忠兵衛と出会うまでの三年ほどの間は、実際、屁以下のような暮らしぶりだった。

五助が死んだとわかると、五助の盗人仲間が来て、再び溜近くの荒れ寺に連れて行かれた。そこで五助と同じように盗人の手伝いをやらされた。満足に飯も与えられず、四六時中腹を空かせていた。しくじったり口答えをすれば殴られて蹴られ、水しか飲ませてもらえなかった。

空腹に耐えかねた銀平は、行商や買い物帰りの女が持つ食い物——芋や饅頭、野菜や魚——をかっぱらって逃げた。心がねじ曲がり、通りかかった子どもをわけもなく引っ叩いて、憂さを晴らした。

十四になったある時、行商の焼き栗を盗んで逃げたが捕まってしまい、ひどく打たれているところへ通りかかったのが忠兵衛だった。

「なあ乱暴はよさねえか。盗みは悪いが、飢饉からこっち、お互いひもじいつらさはわかっているだろう？　わしの顔に免じて赦してやっちゃあくれめえか」

忠兵衛は銀平を殴る行商の腕をつかんで止め、笑顔で言った。行商は忠兵衛を見て驚き、怯えて小さくなった。

「これは親分さん、お手間を取らせてすみません。へえ、仰る通りで、もう乱暴はいたしません」

それから忠兵衛は何某(なにがし)かの銭を行商の男に払い、銀平を連れて鰻屋(うなぎや)に入った。そこで銀平に鰻丼を大盛りにして二杯、腹いっぱいになるまで食べさせてくれた。父親以外で初めて人の優しさに触れ、銀平は泣きながら鰻丼をかき込んだ。忠兵衛はそんな銀平の様を目を細めて見て、煙管(きせる)を吸いながら「盗みは絶対にしてはいけないよ」「人様に迷惑をかけるのは悪党の始まりだ」と穏やかに諭した。そして「うちで働け」と言って一家に入れ、住み込みの人足にしてくれたのだった。

今でも鰻屋の前を通りかかり、その匂いを嗅ぐと、忠兵衛に助けられたあの日のことをありありと思い出す。だが銀平は、鰻をあの日以来食べていない。食べれば必ず泣くとわかっていたからだ。

忠兵衛は仕事を与えてくれただけでなく、先々苦労しないようにと、礼儀作法や銭の勘定の仕方、かな文字の書き方まで親切に教えてくれた。彼と出会わなければいずれは本物の悪党になり、打首か磔にでもなっていただろう。銀平にとって命の恩人ともいえた。もちろん忠兵衛には、飢饉で逃げて来たことや、父親が盗人稼業だったことなどを正直にすべて打ち明けた。

だが一つだけ、どうしても言えない、忘れられない過去があった。

あのことさえなければ、と今でも考える。あのことさえなければ全然ちがった生き方をしていたかもしれないと。

あのことさえなければ……。

微かに聞こえていた拍子木の残響も消え去り、銀平は暗闇と静寂の中で清太を見つめ続ける。

清太は相変わらずあどけない顔で寝入っていた。その顔を眺めながら、賭場の銭を盗んだくらいの罪がなんだと思った。銭など返せばいい話だ。本当の罪というものは、返せないものを奪うことだ。

稲妻の如き閃きが銀平を貫いた。それは簡単なことだった。そしてそれをやることが最大の贖罪だと考えた。胸のときめきと、興奮と、苦さが渾然となってゆく。

よし、これでいいと彼は思った。明日はこの男の身代わりとなって権蔵親分に命をとってもらおう。そうすればすべてが丸く収まる。銭が戻り、一人の命が助かり、自分の生へのけじめがつけられる。

銀平は清太の傍で横になると、これでいい、ともう一度思って眠りについた。

目覚めた時、清太の寝床はすでに空だった。逃げたのかと思ったら、清太は裏庭の井戸端にいて、何度も顔を洗っていた。洗うたびに左腕に巻いた白い手拭いが揺れていた。その動きを見て、傷が浅くてよかったと銀平は安堵する。

昨夜は暗くてわからなかったが、清太は黒い縞の小袖を着て、赤い角帯を締めていた。着崩してはおらず、胸もとも開けずにきれいに着つけている。やはりもとは堅気の男なのだろう。

「半年ほど前にこの辺で大火事があったろう」

清太は腕に巻いた手拭いを解くと、それで顔を拭いた。

「ええ」

「ここは大丈夫だったのかい」

「火の手がまわらなかったんで無事でしたよ」

半年前の火事というのは、両国橋のたもとにある尾上町が丸ごと焼けたことを言ったのだった。煙はひどかったが、風向きが西向きだったので延焼を免れた。焼死者が数多く出たものの、一町だけで済んだのは不幸中の幸いだと、周辺に住む人々は言い合った。

「ふーん、そりゃあよかったな」

そう言って清太は空を見上げた。今にも雨が降り出しそうで、濃い灰色の雲が低く垂れ込めていた。

「ところで、清太さんの家はどこなんです」

「……家なんてねえさ。おれはどこにでも寝泊まりできるんだ」

清太は空を見上げたままで言った。

朝飯は粥をこしらえたが、二人で向き合って食べたのは奇妙な感覚だった。この三十年もの間、誰かと飯を食べることなど一度もなかった。しかも近頃では食欲もなく朝は食べなかったものが、今日はすんなりと食べることができた。

「考えてみたんですがね。盗んだ銭をこれから返しに行きませんか」

食べ終わって白湯を飲み、ひと息吐く清太に銀平は言った。

「昨夜も言いましたが、そうしないと追っ手がかかって、お前さんは二、三日のうちに必ず始末されます」

清太は懐に手をやり、抗うように鋭い視線を銀平に送ったが、何も言わなかった。

「権蔵親分とは知らねえ仲じゃねえ。話せばきっとわかってくださりまさあ。悪いことは言いません。今ならまだやり直しがききます。あっしと一緒に行きましょう」

「けど、どんな目にあわされるか……」

「なあに、銭を返して頭を下げれば手荒な真似はなさいませんよ。さ、銭をあっしに渡してくだせえ」

ただで済むはずはなかったが、ここは嘘をつくしかないと思った。観念したのか、清太の目の色が和らいだように見えた。清太は懐から銭で膨らんだ黒い巾着袋を取り出すと、銀平の前に置いた。

表の障子戸に〝けふやすみます〟と書いた貼り紙をして、銀平は清太を伴って出かけた。その時すでに雨が降り出していたが、小雨なので傘は持たなかった。清太には履かなくなった雪駄を貸してやった。

ろくに剃（そ）りもしない月代（さかやき）に当たる雨が生ぬるい。そのくせ吹く風は冷たかった。

二人は吾妻橋（あづまばし）を渡り、北に向かって歩いて行く。冷えた風が始終吹いて肌をなぶる。

その間清太は一言も発しない。顔は強張（こわば）り、緊張していることが手に取るようにわかる。何を話しかけても上の空だろうと、銀平も黙っていた。

腹の具合はいつになくよかった。気が張っているせいかとも思ったが、そうでもない気がする。今日でケリがつくとわかって体が喜んでいるのかもしれなかった。

今戸橋（いまどばし）にさしかかり、こんもりとした待乳山（まっちやま）の上に建つ聖天宮（しょうでんぐう）の大屋根が見えてきた。瓦が雨に濡れて、黒く鈍い光を放っている。すっかり忘れてしまっていたが、銀平はおようと夫婦になりたての頃、大根を供えに聖天宮に参ったことがあった。ふだんは参拝などしなかったが、

「大根をお供えするとね、死ぬまで夫婦仲がいいんだってさ」

と、おようが言い出し、出かけたのだった。

今にしてみれば、このおれと夫婦になって不安を覚えていたんじゃあねえかなと銀平は思ったりもする。だがそんなことを今さら思ったとて、何の意味もないとわかっていた。

今戸橋を渡り、新鳥越町の通りを進んで元吉町に入った。微かな記憶であったが、このあたりにも博奕をするために通った憶えがある。

「賭場はどのあたりですかい？」

銀平が訊くと清太は陰鬱な顔をこちらに向けて、

「こっちだよ」

と言って足を早めた。

銀平は清太について行く。小雨にぬかるんだ土に下駄の歯がとられて歩きづらくなる。そのうちだんだんと清太の歩みが遅くなるのがわかった。

「怖気（おじけ）づきなすったかい」

「そんなこたあねえよ」

明らかに強がりながらも清太はもとの歩みを取り戻す。元吉町は田畑に囲まれていた。雨に煙る向こうに、笠を被り、蓑（みの）を着た百姓らが点々といて、野良仕事をしている。肥臭さがあたりに漂い、銀平は懐かしさを感じる。自分にはまだ百姓の血が流れていると思った。

清太は二階建ての料理屋のような家の前で立ち止まった。暖簾はかかっていなかった。木戸が閉ざされ、〇の中に権の字が書かれた白い大きな軒提灯だけが雨に濡れている。

「ここですかい」

「うん」

今にも消えてしまいたいような、小さな声だった。

「入りやしょう」

だが清太はためらい、動こうとしない。腕を引っ張ってでも連れて入ろうと銀平が思った時、にわかに人の声が近づいてきて、木戸が開き、目つきの鋭いいかにもやくざ風体の男が三人ばかりあらわれた。彼らは清太の顔を見ると、あっ、という表情になり、「この野郎」「ぶちのめしてやる」などと口々に言ってつかみかかろうとした。

その間に銀平が割って入った。

「権蔵親分は御在宅でございましょうか」

「どけっ、くそじじい」

「あっしは権蔵親分と盃(さかずき)を分けた本所は元町、忠兵衛親分のもとにおりました銀平という者でございます。この通り賭場を荒らした者を連れて、けじめをつけに参りました。ぜひともお取り次ぎを願います」

銀平が少しも怯(ひる)まず一気に言ったものだから、男らは呑(の)まれたようになって戸惑った目を合わせた。

「まずはこれをお返しいたしやす」

銀平が懐から巾着袋を取り出し、男の一人に渡した。

「この若い衆が賭場から盗んだ銭ですが、一文も欠けてはおりません。お確かめください。つきましては詫びを入れたく存じますので、どうかお取り次ぎを」

銀平は腰を折って深々とお辞儀をする。棒立ちになっているのも気まずいと思ってか、清太も頭を下げた。

「いいだろう。入りな」

銭を受け取った男が言うと、他の二人が銀平と清太の腕をつかみ、乱暴に突き飛ばしながら木戸から押し入れた。

二人が家には上げられずに庭に正座をさせられながら待っていると、縁側に杖をついた権蔵があらわれた。権蔵はよろめくように腰を落とし、足を投げ出して座った。その傍には二人の屈強そうな子分が付き添っている。思いのほか小さな老人だった。禿げあがった頭には、短い白髪の髷が載っている。頬は痩け、左目の茶革の四角い眼帯が浮いて見える。ぎょろりとした右目だけが生なましていて、それがかえって侠客の凄みを感じさせた。

「このたびはここにおります若い衆がとんだ間違いをしでかしまして、誠に申し訳ございません。まずはお詫びを申し上げます」

　銀平は額が地面に触れるほど平身し、目顔で謝れと清太に合図をした。

「申し訳ございませんでした」

　清太も手をついて頭を下げた。

　権蔵は長い間黙ったまま、清太ではなく銀平のほうをしげしげと見ていた。小雨は降り続き、植木が小さく葉を鳴らしている。湿った着物が重く感じた。

「忠兵衛の兄貴が亡くなってから、おめえは足を洗って堅気の蕎麦屋になったと聞いておったがのう」

　ようやく権蔵が口を開いた。声が慄えている。喋ると眼帯が上下に揺れ、歯がないのか、空気が抜けて言葉も明瞭ではなかった。

「はい。その通りでございます」

「なのに子分がいるとは、おかしな話じゃあねえか」

「いえ、昨夜行き倒れたこの若い衆を助けまして、事情を聞いて、それでは盗人と同じだ、権蔵親分に迷惑をかけちゃあならねえ、と言い聞かせてここに参った次第でございます」

「なら昨日知り合ったばかりだというのかい」

「さようでございます」

「賭場の銭を盗めばどうなるか、おめえならわかっているよな」

　銀平は真っ直ぐに権蔵を見据えた。

「承知しております。つきましてはこの若い衆の代わりに、このあっしを好きになすってください」

清太は銀平を驚き見た。

「ほう、簀巻(すま)きにして大川に放り込まれてもいいってんだな」

「よろしゅうございます。その代わり、この若い衆を見逃してもらいてえんです」

「そいつあいけねえ」

清太が思わず声をあげた。

「何がいけねえんだ。それならおめえを大川に放り込むぜ」

権蔵が凄(すご)んだ。清太は黙り込んだ。

「清太さん、これでいいんですよ。年寄りが先に死ぬのはものの道理だ。若い衆が先に死んじゃあいけねえ」

「銀平のいう通りだ。さ、おめえはもうどこへでも失せな。だが、二度とうちの賭場にその面あ見せるんじゃあねえぞ。もし来やがったら、今度こそ命はねえと思え。おい誰かこいつを摘(つま)み出せ」

子分が二人庭に入って来て清太を強引に立ち上がらせ、連れ出して行った。これでいいと銀平は思い、清々(すがすが)しい気分になった。溺れ死ぬのなら、一瞬の苦しみで済むだろう。

「では親分さん、今晩にでもお願いできますか。店の始末のほうは忠兵衛親分の跡目をお継ぎなすった丑吉親分に話を通していただければ助かります」

「お願いたあ、何のことだい」

「ですので簀巻きにして大川へ——」

権蔵は声をあげて笑った。空気が抜けて笑い声になっていなかった。銀平は怪訝(けげん)に権蔵を見た。

「バカ言っちゃあいけねえ。わしは忠兵衛兄貴に恩がある身だ。その兄貴が可愛がっていた子分のおめえを始末すりゃあ、あの世に逝ってからどんなめに遭わされるか。銭が戻ってこうして命を張って詫びまで入れてくれたんだ。話はこれで終わりよ」

「しかしそれでは」

「いいんだよ。その代わりそのうちおめえの店に行くから、蕎麦を一杯ご馳走してくれ。それでチャラだ」

右目を細めて権蔵は言った。

「……承知しました」

声に力が入っていないのが自分でもわかった。

「それからな、こいつあどうでもいい話だが……丑吉はよくねえな。阿漕(あこぎ)なやり方で所場代をとっているらしいぜ。忠兵衛兄貴は息子じゃあなくてよ、本当はおめえに跡目を継がせたかったんだよ。わしはこの耳で直(じか)に聞いてる。ま、今さら言ってもどうしようもねえことだがな」

「へえ、確かに忠兵衛親分の頃の仁義は廃れやした」

「ああ、情けねえことよ」

と言って権蔵は銀平を見つめた。

「時に銀平よ。おめえ、顔色がよくねえようだが、どこか悪いのかい」

「え、いえ、もう齢でございますので」

権蔵はまた笑った。

「バカ言っちゃあいけねえや。おめえが齢ならこのわしはどうなるんだ。明日にでもお迎えが来るかもしれねえっていうのによ」

「……親分さんに一つお尋ねしたいことがございます」

「何だい、言ってみな」

「親分さんは、死ぬのは怖いとお思いでしょうか」

不意打ちを食らったように権蔵はぽかんと銀平を見た。そして微笑みを浮かべた。

「そりゃあわしだって怖いさ。けどよ。そんなこと言ったって、誰だっていつかは必ず死ぬんだ。遅いか早えかのちがいだけでな。死なない奴なんぞ、この世に誰ひとりいねえと思えば、ちったあ気が休まるってもんよ。だがよ、まあせいぜい女房や子ども、子分たちに看取られて、畳の上で死にてえもんだよな……忠兵衛兄貴みてえによ」

「へえ……」

「ま、体だけは大事にしなよ」

権蔵は子分の手を借りて杖をついて立ち上がると、おぼつかない足取りで去って行った。銀平は身動ぎひとつせず、ぼんやりとなる。権蔵の言うような死に方が一番仕合わせだということは銀平にもわかっていた。忠兵衛の死は安らかだった。だが身内も子分も仲間もない自分には、無縁の死に方にも感じる。

いつの間にか雨があがり、陽が射していた。庭に植わった背の低い松の木、その松葉の先に細かな水滴がついて星々の如く光っていた。銀平がそれを何の感慨もなく眺めていると、

「伯父貴、家までお送りしましょう」

と若い子分が三、四人も来て言った。

「いえ、お気持ちだけありがたく頂戴しておきます」

銀平は立ち上がり、権蔵の家を後にした。

陽射しに煌く山谷堀の水面を見ながら、一人になった銀平は蹌踉と日本堤を歩いた。まだ陽が高いというのに吉原へと向かう酔っ払った町人の群れがある。

「死に損なっちまったな……」

絶望感がだんだんと濃厚になっていく。せっかくの死場所を失い、銀平は茫然としていた。悲しいとかつらいといった感情ではなく、心が空っぽになり、そこに何かを埋めなければやり切れなかった。

大川沿いに出た。鱗のような川面の輝きが目をうち、銀平はこのまま死にたい衝動にかられた。向こうに吾妻橋が見えている。あそこから飛び込んでもいいな、と漠然と考えていると、

「あんた――」

と、声をかけられ、夢から覚めたみたいになって振り返った。

二間ほど先におようが立っていた。陽光に包まれた二人は、しばらく黙って見つめ合った。

絶望感が一瞬で萎(しぼ)んでゆくのを感じる。おようは不思議そうに銀平を見ていたが、やがて泣きそうな笑顔を浮かべた。

「よお」

銀平も笑顔で言ったが、混乱は続いていて、声がうわずっている。

「何してんだい」

「何って……あんたの店に行ったら休みだったんで帰るとこよ。そっちこそ何してんのさ」

「……ちょっと野暮用があってな」

「そう……」

おようは明らかに落胆したように目を伏せた。銀平は彼女に命を救われた気がした。引き留めなければ、という思いが先立った。

「どっかそのへんで話すかい」

おようは明らかに戸惑いの目を上げた。だが銀平は構わなかった。

「憶えてるかい。聖天宮。大根持ってお参りしたよな」

　おようは銀平との距離を詰めることもなく、静かに彼を見ている。

「憶えてねえのかい」

「何をお祈りしたかも憶えてるわ。あんたに問われて、あたし正直に答えたのよ」

　彼女は強い目で彼を見返して言った。

「あんたのほうこそ憶えてないでしょ?」

　確かにそんな会話など少しも憶えていない。銀平は口を閉ざした。

「それからお参りした後にね、あたし団子屋に行きたくてあんたを誘ったけど、賭場の開帳に間に合わないからって、このへんで別れたのよ」

　およう の口調は淡々としている。恨みがましさなど微塵もなかった。

「そうだったかな」

「……話すならその店がいいかも」

「え?」

「その団子屋よ……でもまだあるかしらね」

「あるかどうか、とにかく行ってみようや」

「そうね」

　およう はいくつも皺をつくった口もとをすぼめて、娘のように微笑んだ。そういえばおようは甘いものに目がなかったなと思い出す。

　およう が歩き出し、銀平はすぐ後ろをついて行った。

　その店は吾妻橋のたもと、浅草花川戸町(はなかわどちょう)の路地に建つ小さな団子屋だった。表に床机を並べ、日除けの大きな赤い傘が立っている。他に客はいなかった。二人は並んで床机に座った。

「貝殻餅(かいがらもち)ってまだあるの？」

　おようは注文を取りに来た、よく肥えた中年の店の女に訊いた。

「ええありますよ」

「じゃあそれを二つちょうだい」

「貝殻餅二つね」

　と言って店の女は家の中に入って行った。

「あの人、きっとこの店の娘よ。三十年前に店を手伝ってたから。面影あるわ」

　笑みを含んで言いながら、おようは懐かしそうにまわりに目を配っている。銀平は何を話そうかと考えながら、往来を行き交う人を眺めていた。

　ほどなく店の女が茶と餅菓子を盆で運んで来た。小皿の上の餅菓子はなだらかに膨らみ、三角形で角が丸く、確かに一見貝殻のような形をしていた。薄い求肥(ぎゅうひ)が透けて黒い餡(あん)が見えている。

「これこれ。変わってないわ」

そう言っておようは小皿を持ち上げ、ためつすがめつ眺めながら言う。

「ね、貝殻みたいでしょ」

「なるほどな」

おようは小皿を膝に置き、ゆっくりとした動きで餅を手に取り、半分にちぎって頬張った。銀平も餅を鮨のように指でつまみ上げ、一口で食べる。餅の柔らかさと餡の甘さが口の中に広がった。

思いがけず、彼はおようの肌を思い出した。白く柔らかな肌をしていた。張りのある臀部(でんぶ)が銀平の好みだった。喘(あえ)ぐ声も小鳥が鳴くように愛らしく、いつまでも聴いていたいと思ったものだった。

薄くぬるい茶を啜り、口内にへばりついている甘ったるさを漱いだ時、おように看取られて死ぬのも悪くはないと思った。

おようは残りの半分を食べ終え、茶を飲んでひと息ついた。今朝の雨が嘘のように澄んだ青空が広がっている。太陽が白く、大きく見えた。陽射しが眩(まばゆ)い。地面も乾いて白っぽくなりつつあった。何かを話さないといけないと思ったが、何を話していいのかわからなかった。

三、四人の子どもたちが、声をあげて目の前を駆け抜けて行った。おようは子どもたちを見送りながら、

「あたしね、子どもがいるのよ」

と唐突に言った。

針で刺されたみたいに銀平の胸が痛んだ。

「そうかい」

と返すしかなかった。

「ごめんなさいね」

「何だい。何のことだい」

銀平は少し苛立った。

「ううん。何でもないの……でも、連れ合いはもういないのよ」

銀平はおようを見た。おようも銀平を見ていた。とても寂しい面だと思い、銀平が目を逸らす。連れ合いと言うのはあの小間物屋のことかと訊こうとしたが、やめておいた。

長い沈黙が続いた。午下がりの暖かな風が吹きすぎてゆく。

おようをこのまま帰したくなくて、何か言わなくては、と銀平の気が急いた。

「おめえ、今どこに住んでるんだい」

「……浅草のね、橋場町ってとこ」

「店の名は」

「そんなのどうでもいいでしょ」

「そうだな」

不意におようが立ち上がった。

「帰るのかい」

「ええ……あのね」

「ここの払いなら心配しなくていいぜ」

「ううん、そうじゃなくてね」

「何だい」

「少し貸して欲しいんだけど」

「いいよ」

銀平は懐から縞柄の色褪せた銭嚢（ぜにぶくろ）を取り出し、中から二、三十文ほどの金をつかんでおように渡した。

「これくらいでいいかい。足りねえなら店に戻って取って来るけどよ」

「いいの。ありがとう」

押しいただくようにしておようは言った。

「返さなくていいからな」

「返すわ」

その声が妙に真剣な調子を帯びていた。

それ以上銀平は何も言わなかった。およう は小さく頭を下げて足早に去って行った。にわかに陽が翳り、あたりが暗くなる。思い出したみたいに腹痛が始まった。彼は現実に引き戻された気がしてもう帰ろうと思い、店の女を呼んで勘定を払った。

店に帰るなり厠で吐血した。多くはなかったが、それきり銀平は何もやる気がしないで板間に寝転がった。

おれにできることはせいぜい逃げられた女房に金を貸してやるくらいか、と思って苦笑した。それでもやらないよりはましだった。

およう は銭がなくて藁にもすがる思いで頼って来たのだろう。おれにしてみても、肚の底ではあいつを欲している。「連れ合いはもういない」と聞いた時の安堵感を思い返した。

「ふっ。バカな男だ」

往生際の悪い男の幻想にも感じられ、暗い店の中でひとり笑った。

そのとき、障子戸を叩く音がした。

銀平は身を起こして戸口を見る。すでに残光だけの夕闇に包まれていた。だが誰かが入って来る気配はない。風のせいかと思ったが、そうではなさそうだ。銀平はたたきに下りて障子戸を開けた。少し離れたところに人影が見えた。銀平のほうを見ているようだった。

「誰ですかい」

「おれだよ」

清太の声だ。

「清太さんかい」

「うん」

「何で戻って来なすった」

「やっぱり生きてたんだな」

「確かめるなんざ野暮ですぜ」

「野暮だろうが確かめるさ。おれの命を助（す）けてくれたんだからよ」

しばらくの間、二人は暗がりの中で見つめ合った。このまま立ち去らせることもできたが、なぜだかその気にならなかった。

「まあ入りなせえ」

清太が入って来た。銀平は板間に上がり、行燈に火を入れた。清太はたたきに突っ立ったままこちらを見ている。

「上がって座りなせえ」

銀平に言われたとおりに、清太は板間に上がって正座をした。行燈の灯りが清太の固い表情を映じている。

「蕎麦でも食いますかい」

清太は首を横に振った。その顔は青白く、力が感じられない。やはり飢えて弱った野良犬のようだった。

銀平は黙って台所に行き、蕎麦をつくった。清太に出してやって、食わないと言うなら自分が食べようと思った。

清太は出された蕎麦を拒むことなく、黙って食べた。銀平は清太の前であぐらをかいて座り、食べる様を見るうち、ある考えを思いついた。

清太は食べ終えると昨日と同じように礼儀正しく「ごちそうさまでした」と言って手を合わせた。

「清太さん、お前さん、これからどこか行くあてはないんでしょう？　だからうちに帰って来たんでしょう？」

「そうだけど」

戸惑いを込めて清太は答えた。

「どうです、ここに住んで蕎麦をつくりませんか」

清太の顔が驚きへと変わり、険しい目つきの角がとれ、柔らかになってゆくのが見てとれた。

「つくり方はあっしが教えますんで」

「……あんたは、どうしてそんなに、おれみたいなやくざ者のために」

「お前さんは根っからのやくざ者ではねえでしょう。昔は堅気だったはず。けど昔の話は訊きますまい。ずっとやらなくてもいいんです。まずはまともな生業をやって飯を食えば、気持ちも晴れて、きっと堅気に戻ろうという気にもなりますよ」

「おれに、できるかな」

「まだ若いんだ。やる気になれば何でもできまさあ」

「そうか……じゃあやってみようか」

清太ははにかんだような笑みを見せた。

「けど、あんたのつくる蕎麦は美味いが、何でこんなに柔（やわ）いんだい？」

銀平は、飢饉の時に一緒に逃げた父親から譲り受けた味だと答えた。清太は神妙な面持ちで聞き入り、どんな暮らしぶりだったのかと尋ねた。盗人同然だった父親の話や、忠兵衛に拾われ博奕打ちになった話などを包み隠さずに打ち明けた。

清太は神妙に聞いて、聞き終えてもしばらく何も言わなかった。そのうち突然自分の首筋を勢いよく叩いて、

「もう蚊が出てきたね」

と言って掌（てのひら）を見つめた。

「ここは川に近いからね。でも、あっしは大丈夫だ」

「刺されねえとでも言うのかい」

「いや、殺さねえから。刺されたとしてもね」

清太は変な顔をして銀平を見ただけで、なぜかとは問わなかった。

そのうち清太は急にそわそわと落ち着かなくなる。

「どうなさったんです？」

「……それで、蕎麦をつくるのは何からやりゃあいいんだい」

その晩のうちに蕎麦がきのつくり方を清太に教えた。昨日の荒んだ清太の目が嘘のように輝き、真っ当な仕事というもの、働くということは大事なんだなと、銀平は今さらながらに実感する。自分が博奕打ちをやめて蕎麦屋を始めた頃の、新鮮で前向きな気持ちを思い起こした。

翌日からは清太の食い扶持（くぶち）を確保するために、銀平は蕎麦を二十杯から四十杯に増やしてつくることにした。

清太という男の面白さは、思いついたらすぐにやるという身軽さにあった。客のほとんどが常連客だと知ると裏庭に行って板塀の一枚を剝がし、墨で〝うまいそば十文〟となぐり書き、拙（つたな）い蕎麦の画（え）まで描き添え、それを軒下に立てかけた。さらには表に立って売り声を張りあげた。

「安くて美味い蕎麦があるよ。滅多に食べられない北は陸奥（むつ）国の珍品だ。早い者勝ちのたった十文だ。さあ食った食った」

と口上をやりながら手を叩き、行き交う人に呼びかける。

銀平が気恥ずかしくなるような行為ではあったが、その声につられて幾人かの新顔の客が訪れて来た。その中に赤銅色に焼けた、素肌に半纏(はんてん)をひっかけた褌姿の男がいたが、一口食べるなり、鉢を持ったまま憤怒の表情で立ち上がった。

「何でえこの蕎麦は。歯応えも何もあったもんじゃあねえ。おれあ歯のねえ年寄りじゃあねえぞ」

店を始めた頃、何度となく聞いた啖呵だった。銀平が謝りに行こうとするのを清太が止め、自ら腰を低くして台所から出て行った。

「あいすみません。実はこの蕎麦は、先の飢饉の時、命からがら陸奥国から江戸に逃げて来た父と息子が、生き延びるためにつくり続けて来たものでございます。そこにおる主がその息子でございまして、亡き父の後を継いで、命をつなぐが如く細々と商っておるのでございます。いわばこの蕎麦は主にとっては命の恩人。その恩人を不味いと言われましてもそれをやめてまでふつうの蕎麦をお出しするわけにもまいりません。失礼とは存じますが、お代は結構ですので、この場は何とか気持ちを収めていただければありがたく思いますが、いかがでございましょうか」

清太は予め(あらかじ)用意していたかのように、切々と、淀みなく訴えた。半纏の男は怒りのやり場を失い、気まずそうに突っ立っていた。それを聞いた周囲の客たちも感じ入ったように蕎麦を見ている。銀平だけがやれやれと、酒樽に腰を下ろした。

「すまなかったな。不味くはないんだ。いや、美味いんだよ。ちょっと変わった蕎麦だと思ってな。まああれだ、困った時はお互いさまだ。今度おれの仲間を連れて来てやるよ」

半纏の男は沁み沁みとなって言うと、座って食べ始めた。

「それはどうもありがとうございます。ぜひ広めてやって下せえ」

清太はにっこりとして台所に戻って行った。

「清太さん、うちはそういう店じゃあねえんですよ」

銀平は声を潜めて苦情を言ったが、

「何を言ってるんだ。商いをやる以上は儲けないと張り合いがねえってもんだ」

と清太は取り合わなかった。

まあやる気を出しているのはいいことだと、銀平はあきらめ、それ以上は何も言わなかった。

そんな矢先、夕方近くになってまたおようがやって来た。

ちょうど他の客がいない時分で、清太は二人がわけありだと見たのだろう、「酒を切らしちまったから、店閉めてちょっと行ってくら」と言って看板を中に入れて出て行った。

その日のおようは明るかった。最初この店に訪れた際の遠慮が嘘のように、「お蕎麦いただけるかしらね」と言った。

銀平は黙って蕎麦をつくって出したが、おようの吐息が酒臭かった。酒の勢いを借りての明るさなのかと複雑な思いにとらわれる。だがすぐに、これが本来のおようの姿だと考えればいいんだと思い直した。

隣に座ると、おようは蕎麦を食べながら、銀平と住んでいた頃の昔話をしきりにした。忠兵衛一家総出で飛鳥山（あすかやま）へと花見に出かけたことや、屋形船に乗って両国の花火見物をしたことなど、ひどく懐かしそうに、時には笑い声をあげながら話し続けた。明らかに無理をしている明るさが気にかかり、銀平は相槌をうってはいたが、話の中身がまったく頭に入って来なかった。

おようは蕎麦を食べ終えると、人が変わったみたいに口を閉ざし、ぼんやりとしてあらぬほうを眺めた。

「おめえ、飲んでるんだな」

「そうよ。悪かった？」

「別に悪くはねえが、もう齢なんだから、ほどほどにしねえとな」

「そうだねえ……あんたはどうなの。体のほうは」

「あっしはこの通り大丈夫だよ」

「そう、よかった……あのね」

「ああわかってる」

銀平は銭を取りに行こうと立ち上がった。

「そうじゃあないのよ」

　上目で銀平を見ておようは言う。

「どうした？」

「何だってあたしを責めないのかと思って」

「責めるって何をだい」

「だから、あたしが……逃げちゃったでしょう」

「……そんなこと、今さら責めたってどうにもならねえだろう」

「そうかしら……それがダメなのよ、あんたって」

　おようは急に声の調子を暗くして、ほつれた白髪の後れ毛を何度も撫でつけている。「あんたって」という言葉は小さく、かすれてどうにか聞き取れるくらいだった。

「ダメって何がだい」

　わずかな苛立ちをこめて銀平は言った。

　おようは答えず、蕎麦の鉢に目を落とした。

　それから二人は沈黙を守った。

　船頭の歌が聴こえてくる。障子戸が仄かに赤く染まり始めていた。

　この前おようと会った時と、何かが変わっていると思った。それを考えるうちに、小さく胸を衝かれた。おようが今日は唇に淡く紅を差していることに気づいたのだった。

苛立ちが急激に萎え、いじらしさに変わった。銀平はおようを抱き寄せてやりたい衝動にかられた。

「あたしのことなんて、どうだってよかったんでしょう？」

おようは銀平を見つめていた。

その目の色は寂しいばかりで、恨みがましい色など少しも見えなかった。

銀平は無意識のうちにおようの手を握った。

「そんなこたあねえさ」

だがその手には力が入らず、抱き寄せてやることもできない。おれにその値打ちがあるのかと問うた時、力が入らなかった。

船頭の歌が遠ざかり、聞こえなくなるまで二人は沈黙を守り、動かなかった。

おようがそっと銀平の手を外した。もう銀平を見ておらず、薄闇の宙に視線を泳がせている。

熱がひいてゆくのを、銀平ははっきりと感じ取った。

「ねえ、あのお皿覚えてる？」

気分を変えるようにおようが言う。

「皿？」

「うん、あたしたちが夫婦になる時、忠兵衛親分から祝いにもらったお皿」

「ああ、あれか」

銀平は立ち上がって台所へと行くと、食器棚に置いた黄ばんだ布包みを持って戻って来た。

「これだろう」

銀平はおようにそれを渡した。おようが包みを開くと、富士山を象った青磁の皿があらわれた。祝言代わりに開いた宴席で、忠兵衛が「博奕で大負けしたら銭に換えればいい」と戯言まじりに言ってくれた皿だった。

「これって、ものはいいんだよね」

「うん。忠兵衛親分がくれたんだから間違いねえだろうよ」

「そうだよねえ」

と言いながら、おようは食い入るように皿を見つめている。

「これが入ってた箱はどうしたの？　桐箱だったと思うけど」

「ああ。皿を店で使おうと思ってたんで屑屋にやったよ」

「そう……箱があればよかったのに」

「悪かったな」

「でも一度も使ってないんでしょ？」

「まあな。使えなかったんだな」

おようが何か言いたげに銀平を見た時、大徳利二本を両手に提げた清太が帰って来た。

「ご苦労だったね」

「もうちょっと遅く帰って来たらよかったかい」

およう を意識しながら清太が言う。

「いいんでさ」

清太は意味ありげに笑みを浮かべながら台所へと行き、酒樽の蓋を開けて徳利の酒を移し始めた。

銀平が清太に気を取られていると、

「じゃああたしはこれで。ごちそうさま」

と言っておようは足早に店を出て行った。

今日は銭を頼まなかったなと思い、銀平は鉢を片づけようとして手を止めた。そこにはあるべきはずの皿がなかった。おようが持ち去ったのだとすぐにわかった。きっと質に入れて銭に換えるつもりなのだろう。盗人のような真似をしなくても皿の一枚くらいくれてやったのにと、小さくため息を吐いた。

「さっきの女、銀さんのレコかい」

からかう調子でもなく、清太は小指を立てて訊いた。

「別れた女房ですよ。三十年以上前に別れたんだが、最近になってここに来るようになりましてね」

「そりゃあまた、ずいぶんご無沙汰だったんだな。でもいくら別れた女房でも、銭はとったほうがいいよ」

「一度とらねえと決めたことを変えるのは野暮でしょう」

銀平は鉢を持って台所に行き、洗った。

「そういうとこが堅気じゃあねえんだな」

酒を入れ終えた清太が苦笑する。

「店が閑なうちに飯を食っときなせえ。握り飯でいいかい」

「いいけど、銀さんは休んどいてくれよ。おれがつくるから」

そう言って清太は素早く洗った手に塩をまぶすと、釜から今朝炊いた飯を取って握り始めた。

「すまないね。じゃあ甘えるとするか」

銀平は板間に上がってあぐらをかいて座った。鼻歌をやりながら握り飯をつくる清太の後ろ姿を見て、誰かに飯をつくってもらうのはおようと一緒だった時以来だな、と感慨を深くした。息子がいればこんな感じなのだろうかとも思ったが、子を持ったこともない銀平には想像もできなかった。

お盆に握り飯を四つ盛った皿と湯呑みの白湯を載せて、清太が運んで来た。

「あっしは一つでいいからね」

「そうかい。悪いね」

清太は隣に座るなり、握り飯を取って勢いよくかぶりついた。相変わらず食欲はなかったが、銀平も一つ手に取り、頬張った。噛むと米と麦が解けて甘味と塩の旨味が口の中に広がる。久しぶりに飯が美味いと感じた。そういえば今日は忙しさに追われてか、腹の痛みを感じなかった。清太は大口を開けて食べ続けている。いい食いっぷりだと思い、銀平は目を細めた。ふと清太が手を止め、手にした握り飯を見つめる。

「どうかしたんですかい？」

「いや、真っ当に働くと飯は美味くなるもんだなと思ってね」

「そりゃあそうでさあ。博奕で勝った銭で食うのとはわけがちがいますよ」

「そうだね」

清太は三つ目の握り飯にかぶりついた。銀平はようやく握り飯を一つ食べ終わると指についた飯粒を舐めていたが、その手を見つめ、さっき握ったおようの手の感触を思い出した。萎んだみたいに小さく、皺だらけの、荒れた手をしていた。どうして抱き寄せてやれなかったのか、今になって悔やまれる。

あれからもう三十年も経っているのだ。抱き寄せて「お互いバカだったな」と言い、すべてを水に流してもいいはずだった。

「さて、やるか」

食べ終えた清太が膝を叩いて立ち上がる。

清太の声に釣られて銀平も立ち上がった。そして近頃にないきびきびとした動きで台所に入り、埋み火を掘って柴木を入れて燃やし、炎を立ち上げた。

第三章 空蟬

今年も川開きの時期が来て、両国界隈は夥しい人出となった。

銀平の店の表通りもひっきりなしに人が行き交い、足音が途切れなかった。大川だけでなく、竪川にも屋形船があふれ、大川へと流れてゆく。その頃には以前とはまったくちがう店に生まれ変わったようになり、朝から晩まで客足が途絶えることなくたいそう賑わった。

清太はいっそう商いに力を入れ、売り声をあげながら日に五十杯もの蕎麦を売った。銀平ひとりだけなら手が回らないが、清太も蕎麦をつくるようになり、小鼠の如く立ち働いている。粥のように素早くかき込め、つくるのも食べるのも閑がかからないというのが評判を呼んで、次々に客が入るようになった。

ところがそれだけでは儲けにならないからと、清太は酒の肴にと、天ぷらまで始めた。芝海老や貝柱、ナスなどを仕入れ、揚げて売った。蕎麦の出汁につけて食べさせると、香ばしさと旨味が堪らないとこれがまた評判となり、夜は酒飲みがひっきりなしに出入りした。

だがその反面、常連客の足が遠のいた。気がかりだったのは勘次やおケイ、物乞いの父子の顔が見えなくなったことだった。

　とりわけ、皿を持ち去った日からおようが来なくなったのが心穏やかではなかった。勝手に持ち去ってしまって合わせる顔もないと思っているのだろうか。不思議なことに、おようが訪ねて来なくなると、次々に些細な思い出が甦った。

　花が好きな女だった。鉢植えの撫子や紫陽花の花を長屋の軒下に置いて、ときどき飽きずに眺めているおようを見かけた。中でも朝顔が好きだった。夏の朝早く、夜通しで博奕をやった銀平が長屋に帰って来ると、およう は家の前でしゃがんで朝顔の花を見つめていた。鉢に挿した細竹に蔓が幾重にも巻きつき、ところどころに濃い紫色の花を咲かせている。銀平もおようの後ろに立ってそれを眺めた。

「朝顔って、こうやって巻きつくものがないと生きてゆけないんだろうねえ……」

　おようは銀平を振り向きもせずにそんなことを言った。

「まあそうだろうよ」

と、その時はさしたる興味もなく答えた。頭がぼやけていた。まだ賭場にいるような心持ちで、早くひと眠りしたかった。

「でもさ、いったん巻きつくと枯れたって離れないんだよ」

　今にして思うと、そんなおようの言葉の数々に、特別な意味があるようにも感じる。

　朝顔は毎年夏になると芽を出し、双葉になり、蔓が伸び、花を咲かせ、種を落とし、枯れてなくなった。その繰り返しだったなと思い、一度枯れたのに再び美しい花を咲かせ、懸命に命をつないで生きる姿がおようと重なった。

銀平は川開きの少し前の時分、通りかかった朝顔売りからひと鉢買った。まだ蕾もついていない、若い朝顔だったが、これが咲けばおようのもとへ持って行ってやろうと考えたのだった。裏庭に置いて毎朝夕に水をやりながら、その時を待つのが楽しみにもなった。

それにしても、多忙がおようの来ない焦れる気持ちをまぎらわせてくれるのは幸いだった。だが、来るはずの人が来ないという現実は、ときどき銀平の心を暗くした。物乞いの父子などはきっと店の前まで来ているのかもしれなかった。夜遅くまでたくさんの客で賑わう店を目の当たりにすれば、二の足を踏んで入るに入れないに決まっている。

腹痛は断続的に続いた。暑さで食欲はますますなくなり、わずかな粥一食だけの日も珍しくはなかった。そんな様子を見かねて清太は休むように言うが、銀平は拒んだ。働くことをやめてしまえば気持ちの張りを失い、すぐに命が尽きる気がする。その代わり、川開きが終われば蕎麦の数を減らしてはどうかと清太に言ってみた。だが清太は儲けられる時に儲けないとダメだと言って聞き入れなかった。

「この商いを始めたのはね、儲けるためじゃあねえんですよ」

ある日、店を閉めた後に銀平は清太に言った。

「あっしひとりが食えればいいし、わずかでも楽しみにして通ってくれるお客さんのためにやってるんです」

だが、清太は衝立の陰で一日のあがりを勘定しながら、

「どうせ働くなら儲からないと張りがないってもんだよ。やる気につながらねえ。何度も同じこと言わせてくれるなよ」

と笑って取り合わず、勘定を終えると、

「その代わりと言っちゃあ何だが」

と言って銀平を強引に寝かせ、按摩(あんま)療治のまねをした。どこで覚えたのか揉み方がとても上手かった。

「いっぺん医者にかかったほうがいいんじゃあねえかい？　腹の具合が悪いんだろ？」

揉みながら清太はそんなことを言った。

「医者には行きたくないんですよ」

「どうして」

「行きたくないものは行きたくないんでさあ」

銀平は理由にならないことを言った。

五助を思い出していた。腹の具合を治そうと、いろんな医者にかかっていた。だが行く医者のみんなが安ものの藪(やぶ)医者だったのだろう。銭をとるだけとって、ろくに効かない煎じ薬を出していた。だから、銀平にとって医者は信用のならない嘘つきでしかなかった。

ところがその翌日、清太は、腹痛に効くという煎じ薬をどこからか買って来てくれた。

「こんなもの……」

「いいから飲んでみなって」

強く勧めるので日に一度飲んだ。腹痛が少し和らぐという程度で気休めみたいなものだと思ったものの、清太の気持ちが嬉しくて飲み続けた。

疲れはしたが、幾ばくかでも薬が効いているのか、銀平の病状が悪化することはなかった。それどころか吐血も少なくなり、朝の目覚めもよかった。これも、薬のおかげというより、清太と一緒に働くことで気持ちに張りが出たせいかもしれないと思った。清太と暮らすことで病を抑えていると思えば、儲けるのも悪いことではないと感じる。

諸肌(もろはだ)を脱いで吹き出す汗を拭い、しゃかりきになって働く姿を見ながら、銀平は清太から儲けたいという理由だけではない、何か執念のような気魄(きはく)すら感じる瞬間があった。汗水たらして働くのなら悪いことでもないだろうと、それほどまでして儲けたい理由を敢(あ)えて尋ねはしなかった。

風のない蒸し暑いある晩、店を閉めた後で、清太は思いつきのように蚊帳を買って来た。

「これがあれば銀さんも蚊に刺されないし、おれも無闇に殺すこともないからいいだろう？」

蚊帳を吊りながら、清太はそんなことを言った。

「ありがとうよ」

「礼を言われるほどのもんじゃあねえよ。質流れになったのを安く買ったんだ」

清太の気立ての良さに胸が熱くなる。銀平は寝床を囲って吊られてゆく萌黄(もえぎ)色の蚊帳を感慨深く眺めた。そして、こうやって清太と商いを続けて死にゆくのも悪くはないな、と思いすらした。

その晩、蚊帳の中に寝床を並べて寝ていると、

「銀さんよ。今も博奕をやりてえと思う時があるかい」

と、清太が問うてきた。

「今はもうねえでさ」

「そうかい」

「清太さんはどうです。まだやりてえでしょう」

清太は答えなかった。銀平は清太の気持ちが手に取るようにわかった。

「博奕打ちの性根というのはなかなか変わらねえもんだ。あっしには身をもってわかってまさ。あっしは恩のある人に諭されてやめられたが、そうでなきゃあずっと続けてましたよ。でもね、博奕を続けて仕合わせになった奴なんざこの世にいねえんでさ……場が朽ちるから博奕だそうですが、あっしに言わせれば人が朽ちる……それでもやめられねえから恐ろしいんだ」

「ちげえねえな……けどよ、もしこのおれが、また博奕に手を出したら、銀さんはどうするよ」

清太はいちだんと声を潜めて言う。

「さあどうしますかね」

「どうするもこうするもねえだろ？　二度とこの店の敷居をまたがせねえって言えばいいんだよ」

呆れたように言って、清太は背中を向けた。


翌朝、細竹にからみついた固い蔓には、青々とした葉の間に長細い朝顔の蕾が五つ六つもついていた。いちだんと膨らみ、紫色の筋が見えてきれいな螺旋（らせん）を描いている蕾が一つある。きっと明朝には花開くだろう。ちょうど今宵は大花火もある。縁起がいいように思えて、およ
のもとへと持って行ってやるのは今日だと決めた。

柄杓で朝顔に水をやっていると、間近でにわかに一匹の蟬が鳴き出した。銀平は葉を繁らせた桜の木に目をやった。蟬の姿は見えなかった。ただ幹にしがみつく、茶色い蟬の抜け殻を一つ見つけただけだった。風が吹いて葉が鳴り、微かに抜け殻を揺らした。

朝飯を食べている時、銀平は清太におようのもとへ行くことを告げ、店を頼むと言った。

「よりを戻す気なのかい？　その女と」

粥を食べながら清太が訊いた。

銀平は一瞬言葉に詰まって粥を口にしてから、

「そこまではまだ考えちゃあいねえさ」

と言葉を濁した。

「気をつけなよ」

「何を」

「騙されて銭でもふんだくられねえようにしろ、ってことだよ」

銀平は気色ばんだ。

「あいつあそんな女じゃあねえでさあ」

と言ってはみたが、そうとは言い切れない自分がいるのも確かだった。

清太はまだ何か言いたそうにしたが、その言葉を飲み込むように粥に梅干しを放り込んでかき込み、銀平を見向きもしなかった。


まだ陽が高く熱気に満ちた中、銀平は朝顔の鉢に細引きを結えて提げ、浅草に向かって歩いて行った。

行き交う人の顔すべてが浮かれて見える。自分もそのうちの一人だと思った。

心ひそかに決めていることがある。

おれともういっぺんやり直さねえかとはっきり言うつもりだった。清太から問われるまでもなく、おようが訪ねて来なくなってからしきりに考えていたことだった。年甲斐もないとは感じたが、抑えようのない本心であった。

熱気を孕んだ土を踏むたび、下駄の底からも熱さが伝わってくる。浅草の橋場町に住んでいると聞いていた。吾妻橋を渡ると大川沿いに進んだ。

陽が傾き始めていた。

大川ではもうすでに屋形船が点々と浮かんでいる。銀平は一刻も早くおようの家にたどり着きたい一心で歩を早めた。

橋場町に入ると長屋の大家のもとを巡り、おようの名と風体を告げて家を探した。

「貧しいなら惣吉店に行ってみればいいさ」

ある大家にそう言われて、教えてもらった通りの裏店へと行った。

長屋の裏は崩れ落ちそうな土手が続き、その向こうには水草で埋まった広い湿地が続いている。貧乏長屋の典型だった。

「およう？　あんた借金取りかい」

大家の惣吉は楊枝を口の端にくわえ、胡散臭げに銀平を見てぞんざいに言い放った。小太りで、目つきの険しい男だった。

「いえ、そうじゃあねえんで。あの、おようさんの家はどこでございやしょう」

「この並びの一番向こう、端っこの家だが、息子にでも会うのかい」

「え、そういうわけじゃあございません。あっしはおようさんに会いに来たんでさあ」

「は？　ああ、あんたまだ知らないんだね。おようは死んだよ」

「……死んだ？」

「ひと月ほど前にね、荷車に轢かれて、首をこうだ」

惣吉は手刀をつくって喉仏に当てた。

「……………」

背中を冷たい汗が流れ落ちてゆく。

銀平は衝撃で声が出ず、惣吉の顔を見守るよりほかなかった。

「ま、寝たきりにならなかった上に、食い扶持が減って、いい時に死んだかもしれないがね」

惣吉は引っ込み、戸を閉めた。乾いた音が長く耳に残った。

遠く、蟬の声が聞こえている。

銀平はしばしその場に立ち尽くした。

逃れるように路地奥にある端の家に目をやった。家の前ではところどころ朽ちて欠けたどぶ板を踏み鳴らして、裸同然の三、四人の幼い子どもらがひとつの竹馬を奪い合って遊んでいる。笑顔が弾け、生き生きと躍るたびに汗が散った。

（嘘だ……何かの間違いだ……）

ようやく歩き出し、子どもたちを尻目にその家の前に立った。

戸もない家だった。おそらくは質入れでもしたのだろう。銀平が覗き込むと、薄暗い板間で黒い浴衣着の四十前後の男が、丸まった背中を向けて座っていた。小さな水音を立てて、何か手仕事をしているようであった。傍らには使用済みらしき汚れた箸が山と積んである。

「ごめんくださいまし」

銀平は声をかけたが、男は返事もせず手を動かし続けている。

「すみません。おようさんのことでお話があって参りやした」

「うるせえな。ババアなら死んだよ。銭なら返せねえぞ」

男は割れ鐘みたいな声をあげた。全身から早く帰ってくれという気を放っている。銀平は死んだという男の言葉に再び衝撃を受けながらも、話を続けるため咄嗟(とっさ)に一計を案じた。

「いえ、そういう話じゃあねえんで。おようさんが亡くなられたと聞いて、香典をお持ちしたのですがね」

男は手を止めた。

銀平は敷居をまたいで中に入った。

男が銀平の方を振り返った。無精髭を伸ばした顔は三十半ばに見え、目もとがおように似ている。息子にちがいなかった。彼の前には水を張った桶(おけ)が置かれ、その手には数本の箸が握られている。その目は血走り、右脚だけをぴんと伸ばしていた。積まれた箸の山から微かに酸(す)い臭いがしてくる。

銀平も食い物を扱う商売をしているのでわかったが、その箸は近頃流行(はや)りの二つに割れる引き裂き箸で、いっぺん使ったものを水洗いし、丸く削り直してまた使うのだった。

男は水洗いの内職をしているのだろうが、駄賃程度の銭にしかならないはずだ。大の男がやるものではなかった。

「おようさんは荷車に轢かれてお亡くなりになったと聞きましたが、本当でございましょうか」

「そうよ。ちょうど急いで質屋に入ろうとしてたらしくてな、そこに米俵を積んだ荷車が突っ込んで来やがったんだ」

「質屋……」

「そいつを銭に換えようとしたのさ」

息子は部屋の片隅を指差した。その先には真っ二つに割れた、富士山の形をした青磁の皿が重ねて置かれている。皿には灰白色に乾いた泥がついたままだった。

銀平はようやくおようの死を確信した。

「さ、香典をくれよ」

息子は銀平に向き直って手を差し出した。

「で、亡骸(なきがら)はどちらの寺に」

「弔う銭もねえから、回向院で無縁仏にしてもらったよ」

「無縁仏って、お前さんはおようさんの息子でしょう」

銀平は思わず声を荒らげた。

息子は一瞬怯んで銀平を見たが、すぐに目を釣り上げた。

「それがどうした。てめえこそ、どこのどいつだ」

黄色い歯を剥き出しにして言う。

「あっしは本所で蕎麦屋をやっている銀平という者でさあ。お前さんの名は？」

銀平は気持ちを鎮めて静かに問うた。

「久市（ひさいち）だよ。小言なら聞きたかねえや。さっさと帰（け）えってくれ」

久市は再び背を向けると箸を桶の水に浸け、たわしで乱暴に汚れを落とし始めた。

「しかし、無縁仏というのはちょっとひでえんじゃあねえですかい」

銀平の苛立ちは、心ならずも自分の父親を無縁仏にしてしまったという悔恨でもあった。

久市は鼻で笑った。

「あんたがあの女の何だか知らないがな、おれとおんなじ仕打ちを受けたら無縁仏にでもしてくれって言いたくなるぜ。おれがガキの時分に家を飛び出してよ。てめえの暮らしがたたなくなったら舞い戻って来やがった。その時ゃもうおれには嫁もガキもいて、人足仕事でそれなりにうまくやってたんだ。それがあの女を家に入れりゃあ嫁と喧嘩三昧だ。そのうちおれは足場から落ちて働けなくなっちまうし、あげくに嫁はガキを連れて逃げちまった。ったく疫病神だよ、あのババアはよ」

銀平は話を聞きながら、無意識のうちに歩いて久市の傍まで来ていた。

「……お前さんのお父っつぁんていうのは、小間物売りじゃあなかったですかい」

思わず久市は手を止め、銀平を見た。

「そうよ……あんたどうしてそれを」

「家を飛び出したって、何か理由でもあったんですかい？」

久市の言葉を遮って銀平は訊いた。久市はしばらく銀平を見つめていたが、束ねた箸を短い細引きで縛って脇に置いた。

「おれの親父は働きもんだったが、酒癖が悪くてな、毎晩のようにおっ母と喧嘩してた。あれはおれが十歳の時だ。夜中に二人が喧嘩する声で目が覚めた。親父がおっ母をひどく打ってよ……『ガキができたからって一緒に逃げるんじゃあなかったぜ。あの博奕打ちにまだ惚れてんだろ？　さっさと出て行きやがれ』って」

銀平はいきなり頭を殴られた気がした。表で遊ぶ子どもの声が遠くなり、足が地につかない感じになる。

「その翌朝、おれが起きてみると、おっ母の姿はなかった……それからは親父と二人暮らしよ。親父は酒をやめるどころかもっと飲むようになって、体を壊して、死んじまった」

「……おっ母さんのこと、恨んでいなさるかい」

久市は答えず、銀平と目を合わせていた。

堪え切れないで視線を外したのは銀平のほうだった。

久市は再び汚れた箸を数本つかんで洗い出す。黒い浴衣には汗染みが広がって、伸ばした右脚の濃い毛脛が剝き出しになっていた。

蜩の声が遠くに聞こえている。戸口から夕暮れ時のくすんだ光が流れていた。

銀平は黙って朝顔の鉢を置くと、懐から銭嚢を取り出して上がり框に置いた。久市が手を止めてじっと見つめる。銭嚢を見つめているのかと思ったが、そうではなく、視線の先には朝顔の鉢があった。言葉を待ったが、久市の口は開かない。

開いたのは銀平の口だった。

「せめてその朝顔を、おっ母さんに手向けてあげてくだせえ」

久市は目を上げて銀平を見た。何かに気づいた顔をしている。その先を言わすまいと銀平は気が急いた。

「赤の他人がいらない口出しをして、すまなかったね……まあでも、あんたは若い。まだまだこれからでさあ。嫁さんに詫びのひとつも入れてまたやり直してくだせえ。おっ母さんもきっとそれを望んでいると思いますよ。それじゃあ、あっしはこれで」

そう言って頭を下げ行こうとした。

「そいつは持って帰ってくれ」

久市の声がした。その声音は静かで落ち着いている。

銀平は足を止めて久市を見た。

「朝顔を見るたんびにガキの時分を思い出すんだ……おっ母と水をやってね。毎年花が咲くのを楽しみにして……どうしてこんなことになっちまったんだろうな……どうにもやり切れねえや」

最後は笑みを浮かべていたが、目には涙が滲んでいる。握り締めた箸先が慄えていた。気持ちの整理がつかないまま、銀平は朝顔の鉢の紐をつかんで持ち上げる。久市が朝顔から銀平に目を移した。

「あんたひょっとして――」

その時、竹馬を持った子どもたちが競うようにたたきに入って来た。

「おじさん、竹馬壊れちゃった。直してよ」

久市は子どもたちなどまったく眼中にないように、銀平に見入っていた。

「直してよおじさん！」

その声に久市はようやく我に返った。

「ん？　そうか、見せてみな」

久市は涙を手で拭いて笑顔で言った。

子どもたちは部屋に上がり、足がかりの取れた片方の竹馬を久市に見せた。

銀平はよろめきながら出て行った。その様を見た久市は伸び切って曲がらない右脚を懸命に動かし、慌てて後を追って表に出た。

久市の目に、木戸を抜けて去りゆく銀平の痩せた背中が映った。

久市は声をあげて呼び止めようとしたが、その言葉を飲み込んだ。

枯れ木のような後ろ姿と青々とした朝顔の蔓——久市はそこに何を見たのか、手を合わせて一心に祈っていた。


真っ直ぐ帰る気にはなれなかった。今頃店は蕎麦を食う客でごった返しているだろう。その喧騒を想像して銀平は鬱陶しく感じる。

朝顔の鉢がやけに重かった。

彼の足は自然と大川の土手に向き、川岸に腰を下ろして大川を眺めた。

水面が赤い陽に煌めいて揺れ動き、青臭い川風が鼻をくすぐる。

夜を待ち切れない屋形船がいくつも浮かんでいた。

屋形船の群れを見ながら、銀平は笑った。

(おれは本当にバカな男だ)

おようとよりを戻すことを夢想するなど愚かでしかなかった。

彼女は冷たい現実と向き合い、精一杯日々を生きていたのだ。久市だって、足を悪くしても内職をしながら懸命に生きている。おれはてめえのことしか考えねえクズじゃあねえか。ったたく情けねえ男だ。

やがてじっとしていることすら耐え切れなくなり、銀平は立ち上がった。目眩がしてふらつく。腹の痛みが続いていた。風はなく、額や首筋から汗が吹き出した。帰って蕎麦をつくろう、おれにはそれしかできないのだと思い、腰の手拭いで顔をひと拭きすると、清太の待つ店へ向かって歩き出した。

家まで帰って来ると、二人の男が戸の前に立って何ごとか話していた。

「何でえ休みかよ」

「昨日はそんなことちっとも言ってなかったじゃあねえかよ」

二人はぶつぶつと小言を言いながら去って行った。

銀平が戸を見ると、〝けふやすみます〟の貼り紙がはられている。

どういうことだろうと思いながら中に入ると、清太の姿はなく、冷えた出汁の匂いが漂っているだけだった。裏庭にも、厠にも清太はいない。

思い当たることがあった。

銀平は朝顔の鉢をたたきに置くと、衝立の陰にある小簞笥を開け、店のあがりを貯めてあるはずの巾着を探した。

（やられちまった……）

やはりなくなっていた。目ぼしい着物も持って行かれている。残っているのは着古した浴衣と蚊帳、そして銀平が子どもの時分に着ていた、どうしても捨てられない紺地に白い兎の小紋をあしらった着物と、黒い兵児帯だけであった。

銀平は茫然となって板間に座り込んだ。

こうなってしまったんだなという、つかみどころのない漠とした感慨しかなかった。その間にも、幾人かの客が来ては去って行く影が障子戸越しに見えた。清太のことだから、きっと持ち逃げした銭を博奕にすべてつぎ込むのだろう。清太に裏切られた憤りや悔しさよりも、信じた自分がバカだという思いが大きかった。この前のように彼が賭場のあがりに手をつけないことを祈るばかりだった。

博奕というやつに一度取り憑かれれば、たかがひと月ふた月真面目に働いたからといって、性根が変わるとはとても思えなかった。

(おれが一番わかっているはずなのに、何もわかっちゃいなかった)

自分の考えの甘さだけが身に沁みる。清太を失ってみて、生きる値打ちがどこにあるのかとあらためて考えたが、ないとしか答えようがなかった。

気づけば夕闇が迫っていた。表を行き交う人の足音がひっきりなしに聞こえる。ひょっとして待っていれば、博奕ですってんてんになった清太が帰って来るかと思ったが、夜になっても戻ることはなかった。

嫌な予感しかしなかった。銀平は自分が知りうる限りの賭場をまわって清太を探そうと思い、表に出て、両国橋に向かった。

　両国橋に近づくにつれ、人通りも多くなる。

　白地の着物がひしめき合い、白い大きな波のように映じていた。人混みの中に身を投じてみると、自分が取るに足りない塵芥みたいな感じがする。

　花火はしきりに上がっていたが、銀平は空を見上げない。ただ地面を頼りなく踏んで亡霊のように歩き続けている。東両国の広小路では軒提灯が列をなして吊り下げられ、あたりを煌々と照らしていた。その下では雑魚の天ぷら屋、蒲焼き屋に麦湯売り、甘酒売りといった出店がぎっしりと並んでしきりに売り声をあげている。花火の音の合間には人々の声が間断なく聞こえていた。油の匂い、焼ける匂い、煮炊きする匂い、白粉や汗の匂いがごっちゃになって人々の間に立ちこもり、むせ返るようだった。

　両国橋を渡る。雪駄や下駄を擦る音が耳鳴りのように続く。人の波に押し流されて銀平は歩かされる。その間を枝豆売りやかりんとう売りが、売り声を張り上げながら縫って行く。人に酔い、目眩がする。少し休もうと思った。足を止め、流されそうになるのをこらえて人と人との間に身を差し入れ、両手で欄干をしっかりとつかんで空を見上げた。

　濃紺の空に花火が上がり、「鍵屋」「玉屋」と方々から声があがる。川面はもう船で埋まり、身動きがとれなくなっている。その間を器用にうろついている小行燈を吊るした小舟がいくつもある。西瓜の切り売りや真桑瓜売りといった商い船だった。煌々と灯りを点けている屋根船には、操り人形や新内節、義太夫節などの船芸人らが乗っている。売り声と騒ぐ声が入り乱れて恐ろしく混沌としていた。

ふいにおようのことが思い出された。

せがまれて花見や花火見物をしたこともあったが、それは忠兵衛一家の連中と一緒であった。みんなで屋形船に乗り込み、酒を飲み、鮨を食べた。西瓜を買って食べたが、その時おようが簪(かんざし)を抜いて銀平のために西瓜の種をとってくれた。おようの白く細い手が簪をつかみ、小気味よく種を弾き飛ばす様まで克明に思い出した。

この前おようと会ったあの時、抱き寄せてやってさえいれば、こんなことにはならなかったかもしれない。

いや――、

(もとはと言やあ、おれという男と一緒になったのが間違いだったんだ)

顔から、首筋から汗が滴り、着物を濡らすのがわかる。風はなかった。花火が上がる。人々がどよめき、声があがる。花火の光を浴びて、人々の顔が溟(くら)く淡い赤に染まる。橋の上も大川も広小路も人で溢れている。銀平はひとりきりで業の渦の底に佇(たたず)んでいる。

清太を探す気がすっかり失せてしまった。今日だけはおようのために供養してやろうと思い直し、人ごみの中を歩いて行った。

再びがらんとした家に帰ると行燈に火を入れ、銀平は上がり框に座る。橙色の暗い灯りの中で朝顔の蔓や葉、蕾を眺めた。よく見ると今にも咲きそうな蕾は一つではなく、二つになっている。こんな汚い場所では呼吸もしづらいだろうと思い、彼は鉢を提げて裏庭へと出た。そして桜の老木のそばに置くと、結えた細引きを解き、その場にあぐらをかいて座り込んだ。

花火の音はまだ続いていた。空が一瞬明るくなると、音が遅れて鳴る。そこから花火は見えなかった。彼はただ暗闇の中で何を思うでもなく、朝顔の鉢を前にして座っている。

そのうち板塀の隙間から小さな光があらわれ、庭の中に飛んで来た。光は緩急をつけて弧を描き、闇夜をひと舞いすると、朝顔の細竹にとまった。光が明滅するたび、葉が、蕾が朧げに浮かび上がる。

蛍だった。

それを見続けることができずに思わず目を閉じてしまう。

次に目を開いた時には光は失せ、蛍はどこかに行ってしまっていた。

花火も終わったらしく音もしない。

仄暗い月明かりの中、蟬の抜け殻が土の上に転がっているだけだった。

第四章

夜鷹と小者

浅葱(あさぎ)色に暮れかかった空に、赤とんぼの群れが泳いでいる。

冷えた風が始終舞って、銀平の顔をなぶっていた。彼は厠からの戻りがけに何を思うでもなく桜の木を眺めている。くすんだ葉の色に秋を感じた。

神無月ともなれば、朝顔は枯れ果てていた。細竹には薄茶に色を変えた蔓がからみつき、ところどころに種を孕んだ実がついている。鉢の土はすっかり乾き切って白くなっていた。銀平は厠への行き帰りにそれを見るたび、胸が詰まった。おようを想ってのことではない。枯れた朝顔に、生にしがみつく自分自身を見るようだった。

日に日に体力は落ちてきたのを感じるが、それでも体を使って働いていたほうが気が紛れた。但し天ぷらはやめて、売るのは以前と同じく日に二十杯にした。そうすると客足が遠のき、勘次や物乞いの父子など常連客が戻って来た。

勘次は店を再開したその日、待ち構えていたようにやって来た。

「またはやらねえ店になって、おめえもちったあ寂しかろうぜ」

郵便はがき

料金受取人払郵便

小石川局承認

1095

差出有効期間
2023年12月
31日まで

112-8731

〈受取人〉
東京都文京区
音羽二―一二―二一

講談社
文芸第二出版部 行

書名をお書きください。[ ]

この本の感想、著者へのメッセージをご自由にご記入ください。

[ ]

おすまいの都道府県 ……………… 性別 男 女

年齢 10代 20代 30代 40代 50代 60代 70代 80代~

頂戴したご意見・ご感想を、小社ホームページ・新聞宣伝・書籍帯・販促物などに
使用させていただいてもよろしいでしょうか。 はい (承諾します) いいえ (承諾しません)

TY 000044-2112

ご購読ありがとうございます。
今後の出版企画の参考にさせていただくため、
アンケートへのご協力のほど、よろしくお願いいたします。

■ Q1 この本をどこでお知りになりましたか。

1 書店で本をみて
2 新聞、雑誌、フリーペーパー 〔誌名・紙名　　　　〕
3 テレビ、ラジオ 〔番組名　　　　〕
4 ネット書店 〔書店名　　　　〕
5 Webサイト 〔サイト名　　　　〕
6 携帯サイト 〔サイト名　　　　〕
7 メールマガジン　8 人にすすめられて　9 講談社のサイト
10 その他 〔　　　　〕

■ Q2 購入された動機を教えてください。〔複数可〕

1 著者が好き　2 気になるタイトル　3 装丁が好き
4 気になるテーマ　5 読んで面白そうだった　6 話題になっていた
7 好きなジャンルだから
8 その他 〔　　　　〕

■ Q3 好きな作家を教えてください。〔複数可〕

〔　　　　〕

■ Q4 今後どんなテーマの小説を読んでみたいですか。

〔　　　　〕

住所

氏名　電話番号

ご記入いただいた個人情報は、この企画の目的以外には使用いたしません。

憎まれ口を叩き、以前と同じく蕎麦と酒を頼み、うまそうに飲み、食べた。そのうち物乞いの父子も通い始めた。

戻らないのはおケイだけだった。秋の気配が漂い始めたある日、表の看板を片づけようとした際、通りの向こうからこちらを見ている女の人影を見た。おケイだと銀平は直感した。その人影は逃げるように去って行った。なぜ立ち寄らないのか理由はわからなかった。

ただ、銀平に何かを告げたいように見えた。ひょっとしておれの過去を暴こうとしたのかとまで考えたが、そんなはずはないと打ち消した。だが自分と同じ匂いを持つこの女に、銀平はやはり恐れを抱いていた。

清太がいなくなって三日ほど方々の賭場を探したが、見つからなかった。賭場は銀平が出入りしていた頃よりずいぶん荒んだ雰囲気になっていた。あの頃は笑い声のひとつもあがったものだが、今はどこもかしこも殺気だち、言い合いや小競り合いを始め、裏では若いやくざ者同士が殴り合いの喧嘩をしていた。ひょっとしたらまた博奕をやりたくなるのではないかと恐れを抱いていたが、その心配は杞憂（きゆう）に終わった。そして、どこかで生きてさえいればそれでいいと割り切り、清太を探すことをあきらめたのだった。

それから数日の間は商いもせず、日に一度粥をつくって食べるだけで、あとは板間で横になっていた。

ときどきおようのことを思い出し、回向院の方角に向かって手を合わせた。表の戸を叩いて訪れようとする客が来れば断った。腹痛は続いていたものの、吐血はしなかった。だがそれだけの話であって、喜びなどは微塵もない。

だが、何もしないでいるのにも限界があった。やがて台所に立ち、蕎麦がきをつくった。蕎麦の香りに以前の生活を呼び覚まされた。つくりながら、何も起きなかったことにすればいいと思った。おようや清太が訪れる前の、ひとりで蕎麦をつくって生きていた日々に戻ればいい。

こうして銀平は再び商いを始めたものの、やはりふとした拍子におようや清太のことを思い出す。そのたびに、お前はもうもとには戻れないのだ、と突きつけられている気がした。

商いを再開して間もなく、丑吉一家の子分が二人、店を閉める頃に所場代を取りに来たことがあった。清太にそれまでのあがりを全部持っていかれていたので、銀平は再開してからのあがりから、約束した一割の銭を渡した。

「てめえ、ふざけんじゃあねえぞ。こちとらガキの駄賃をもらいに来たんじゃあねえんだ」

と、小柄であばた面の若い子分が熱り立って言った。

銀平は奉公人にあがりを持ち逃げされた、と打ち明けて詫びを入れた。だがあばた面の男は殴らんばかりに怒鳴り散らした。もう一人の大柄な男は素知らぬ顔で店の中を見回している。

銀平は仕方なくあがりの全部を差し出した。小柄な男は渋々それを受け取ったが、大柄な男がそれを止めた。齢は三十前後で頬骨が隆起し、右顎のあたりに三寸ほどの長さで切られた傷痕がある。目つきが鋭く、今にも人を殺しそうな面構えをしていた。

「これをとっちまったらこちらの方に迷惑がかかる」

「でもアニキ、たったこれっぽっちじゃあ帰ったら親分に大目玉食らうぜ」

「返せ」

「でもよ」

　大柄な男は、あばた面の男をいきなり張り飛ばした。あばた面の男は頬を押さえながら銭を銀平に返した。

「ジイさん、すまねえな。銭はこれでいいが、何か金目のものはねえかい。何でもいいんだ」

　目を細めて大柄な男は言う。

　銀平はちょっと思案をして、簞笥からいつぞや清太が買ってきた蚊帳を出してきて大柄な男に渡した。

「申し訳ございません。こんなものしかなくて」

「いや、いいんだ。これでおれたちの顔も少しは立つさ」

　そう言って大柄な男は出て行き、あばた面の男も不服そうについて行った。大柄な男に銀平は感心した。丑吉一家にもあんなにできた男がいたのかと意外だったが、これならまだしばらくは一家も大丈夫だろうと安心もした。

　清太が去ってから変わったことといえばそれくらいで、あとは以前と同じ暮らしぶりだった。腹の具合はよくも悪くもならないようであった。

気がつけば、燃え上がるような茜空が広がっている。そういえば今日は、大火事からちょうど一年目の日だなと思いつつ、銀平は店の中へと戻った。そしてそろそろ次の客がくる時分だと思って行燈に火を入れ、台所に入って竈の火を熾した。

いきなり戸が開いて誰かが入って来た。台所から銀平が覗く。

おケイだった。いつもより来るのが半刻ほど早かった。しかも夜鷹風体ではなくすっぴんで、莚も持っていない。紺地に弁慶縞の着物を着て灰色の帯を締め、裸足だった。おケイはたたきを歩きまわるような奇妙な動きをしたかと思うと、勢いよく腰を下ろして上がり框に座った。俯いて体をぐらぐらと前後に揺らしている。ひと目で強か（したた）に酔っていると知れた。

「いらっしゃいませ」

おケイが顔を上げて銀平を見た。行燈の灯りはそこまで届かなかったが、彼女の眼は小さく、鋭く光っている。銀平は板間に上がると行燈を彼女の傍に持って来た。髷が崩れ、ほつれた髪が幾本も頰にかかっている。

「いつものでよろしいですかい」

そう訊かざるを得ない心持であった。

彼女は小さくかぶりを振る。

「お酒はもういいの。お蕎麦だけちょうだい」

「わかりやした」

銀平は台所に入ると蕎麦をつくり始めた。

「でもやっぱりもらおうかな、お酒。枡でいいよ」

「へい」

銀平が酒樽から枡に酒を入れ、おケイの横に置く。おケイは枡に入った酒を見つめる。酒はわずかに波打ち、それを行燈の暗い火影が映している。彼女はゆっくりと枡を持ち上げる。銀平は台所に戻ろうとしたが、

「ねえ」

とおケイに声をかけられて振り返った。

だが、おケイは銀平の顔を見つめるだけで何も言わなかった。その沈黙に不吉な予感がして、銀平は黙って台所へと逃れた。おケイも言葉を継ぐこともなく、微笑むと枡に口をつけて喉を鳴らし、半分ほど一気に飲んだ。そして意を決したように、今度は真っすぐに銀平を見据えた。銀平はその視線を感じたが、目を合わせてはならないと思い、見ようとはしなかった。

その時――、

「ごめんよ」

と、戸を開けて入って来たのは、勘次だった。

「お勤めご苦労さまでございます」

淡々として言ったが、銀平の内心は複雑だった。これまでおケイと勘次が同じ時分に来たことは一度もなかった。夜鷹風体ではないから大丈夫だろうが、そうでなければ勘次がしょっぴいたとしてもおかしくはない。

勘次は勘がはたらくのか、胡散臭そうにおケイを一瞥しながら雪駄を脱いで板間に上がり、いつもの席に陣取った。銀平は平静を装い、勘次に枡酒を出した。いつもなら軽口のひとつも叩くのが勘次であったが、銀平をじろりと見るだけで何も言わない。銀平は頭を下げ、台所に戻ると蕎麦をつくり始めた。それとなく様子をうかがっていると、勘次は一気に枡酒を空け、濡れた口もとを手で拭った。

「ジイさんよ」

勘次が声をあげた。

「へい」

「……おれあ今月いっぱいで隠居することにしたよ。そうなりゃあここでまずい蕎麦をしょっちゅう食うこともねえだろうし、おめえもおれの愚痴を聞かなくてもいい。お互い大助かりよ」

「へえ……お役御免でございますか」

「そうよ。しがねえもんよ……所詮は役人の小間使いだったのよ。手柄っつったってせいぜいちんけな掏摸を何人か捕まえたくらいでよ。ったく情けねえ話よ」

勘次は鼻でひとつ笑った。銀平は手を止めて勘次を見た。

「しかし、おかげさまであっしらはこうして安心して商いを続けてこられたんですから、ありがたいことでございます」

銀平は目を伏せて礼をする。それは何も慰めるつもりで言ったわけでもなく、心からの言葉であった。勘次は手にした空の枡を沁み沁みと眺める。

「ふん。おめえなんぞにおれの気持ちがわかってたまるかよ。えらそうなこと言うんじゃあねえよ」

おケイに目をやれば、両足をぴんと伸ばした格好で空になった枡を膝上で弄んでいた。

銀平は二人のいるこの空間を一枚の画のように感じる。二人は永遠にこの場にとどまり、動かない気がした。不穏な空気しか感じず、銀平はそれを振り払って蕎麦をつくることに集中する。そして二杯の蕎麦を同時に仕上げると、おケイと勘次に出してそれぞれの枡を引き上げ、早々に台所に帰って枡を洗った。

二人は同時に蕎麦を食べ始めた。

単調な、食べる音だけが続いた。

表のほうからは人が行き交う足音や物売りの声が聞こえてくる。向こうとこちら側が障子戸を境にしてこの世とあの世にも思えてきた。

腹はずっと痛んでいる。今日は吐血するかもしれないと思うと憂鬱だった。

暮れ六つの鐘が鳴る。まだそんな時分なのかと銀平はため息を吐いた。

(二人が帰れば早々に店を閉めよう)

勘次が先に蕎麦を食べ終えた。片手で鉢を持ち上げ、出汁も一滴残らず飲み干すと、声とも息ともつかない大きな音が口から漏れた。

「ごちそうさん」

勘次は手を合わせて言うと、懐に手を入れて紙入れを出した。

「ありがとうございます」

銀平は見送ろうとたたきに出た。

勘次が銭を置いて立とうとした時、おケイが顔を横に向け、後ろを見た。

「そちらは御用の筋のお方ですか」

「……それがどうしたい」

勘次は上げかけた腰を下ろした。

胸騒ぎを覚える。二人のやりとりを聞いて、銀平はわけもなく半歩前に出た。

「手柄を差し上げましょうか」

「何だって?」

「手柄を差し上げましょうって言ってんですよ」

「てめえ、おれをからかってんのか」

勘次が本気で怒っているのが銀平にもわかった。自分が夜鷹だと明かして捕まえてもらうつもりなのかと思ったが、夜鷹をひとり捕まえたところでさしたる手柄にはならないはずだった。

「からかっちゃあいませんよ……あたし、亭主を殺めたんだ。だからしょっぴいてくださいまし」

おケイは明るい声をあげたが、かえって真実味を帯びている。

「わけを聞かせてもらおうじゃあねえか」

勘次が落ち着いた声で言う。

銀平は口を開いた。何か言おうとしたのだが、発する言葉がなかった。勘次は気を落ち着かせるようにあぐらをかいて座り直す。二人のぼやけた輪郭の影が床板に落ちていた。勘次は問い詰めることなく、静かにおケイを見つめている。明らかにおケイの言葉を待っていた。片手を床板につき、顔を横にむけたままのおケイの体は石像みたいに動かない。

「一年前の今日、尾上町で火事があったでしょう。あの晩に殺ったんですよ」

勘次は少し考えて、思い当たったように目を見開いた。

「確かに焼け死んだ者の中に、刺し傷のあるほとけがあったな。だが身許もわからず、咎人をあげることもできなかったんだ……で、おめえはどこを刺した」

「背中ですよ。包丁で……何度突いたか覚えてないけどね」

「うん、確かにそうだ。どこの店だ。背格好はどんなだ」

「善兵衛店でね。小柄で痩せた男だけど、二枚目でしたよ」

「そうかい……で、おめえ、何だって亭主を殺めたんだ」

「女癖が悪い男でねえ……朝から晩まで仕出し屋で働いたあたしの稼ぎをみんな女に注ぎ込んで、挙げ句の果てに別れてくれってさ。バカにしてるじゃあ、ありませんか」


　おケイは半笑いの表情で、暗い宙を見ている。銀平はかける言葉を探し続けていた。だが、やっぱりおれとおケイは同じ人間だったのだ、という動揺がそれをさせなかった。


「……子はねえのか」

「子がありゃあ、夜鷹商売なんかやっちゃあいませんよ」

「じゃあお縄になってもいいんだな」

「もちろんですよ……ちょうどよかった。今日はあの人の命日だ……火事の晩からこっち、全然眠れなくてね。だから夜鷹を始めたっていうのもあるけど……ときどき、あの人の足音を聞いたり、帰って来ると後ろ姿を見たり……夢枕に立つなんて数え切れやしない……もう疲れちゃったんです」

「人を殺めりゃあそうなるさ。化けて出られてつれえっていうのは、まだおめえに人の心が残ってるっていう証だ。よかったじゃあねえか」

「ちょっと待ってもらえますかい」

ようやく銀平の口から声が出た。

「何だよ」

勘次は銀平を睨み据える。

「おケイさんはその男によほどひどい仕打ちを受けていたんですよ。だから」

「見逃せっていうのか？　バカ言っちゃあいけねえや。そんなことしてたら、世の中殺しだらけになっちまわ」

「親爺さん、もういいんだよ。ありがとう」

おケイは吹っ切れた、清々しい顔をしている。それがかえって痛々しかった。

「しかし……」

「この女がいいって言ってんだからいいんだよ」

勘次は苛立った声をあげた。銀平はたたきに突っ立ったまま、口を閉ざした。

おケイが言う。

「でも親分さん、まだこのお蕎麦残ってるんだ。全部食べるまでしょっぴくのは待っておくんなさいよ。あたし、このお蕎麦だけが楽しみだったんだ」

「……いいさ。食べな」

おケイは微笑んで前を向き、鉢を持ち上げる。少しの音しか立てないで、すでに冷え切った蕎麦を、口をすぼめて食べ始めた。勘次は食べているおケイの後ろ姿をじっと見ている。粘りつくような勘次の視線が気にかかり、銀平もおケイを見つめた。やがておケイは蕎麦を食べ終え、鉢の中に顔を突き入れるみたいにして体をわずかに後ろにそらし、出汁をゆっくりと一気に飲み干す。

喉が大きく鳴ったその時、銀平は胸を衝かれた。

あらわになったおケイの首まわりにぐるりと、赤い擦り傷がついているのが見えた。勘次はそれに気づいて凝視していたのだった。

銀平は見つめ続けることができず、暗いたたきに目を落とした。

とても正視できなかった。

「あー美味しかった。ごちそうさま」

おケイは口もとについた出汁を手で拭いた。

「それじゃあ親分さん、行きましょうか」

勘次は黙っておケイの顔を見ている。

「なにぐずぐずしてんのさ」

「百人に一人はよ、おめえみてえな間抜けがいるのよ」

「何がさ」

「首を吊ったはいいが死に切れねえで、暴れて縄が切れちまう奴がな」

おケイは明らかにうろたえ、青ざめた顔で勘次を見返す。

「ふん、どのみち死んじまおうって女をしょっぴくほど、こちとら野暮じゃあねえのさ」

おケイは素早く立ち上がり、勘次のほうを向いた。

「そんなの困るんだよ」

箸を握り締めた手が慄えている。

「何が困るってんだ」

「殺して欲しいんだよ。生きてたって苦しいだけだからさ。殺しておくれよ」

「あのな、おれあこれまでいやになるほど大川に飛び込んだ土左衛門を引き上げてきたが、そのたんびに腹が立ってしょうがねえ。いいか。命の値打ちってえのはよ、とどのつまりてめえで決めるんじゃあなくて、人様が決めるんだよ。好き勝手に死んでんじゃあねえってんだ」

「じゃあ、あたしはこれからどうやって」

「そんなこたあ、知ったこっちゃあねえや」

おケイはなぜだか目を銀平に向けた。銀平にはかける言葉などなかった。いや、言葉をかける資格などないというのが実のところだった。

彼女は己の犯した罪に真正面から向き合い、死をもって堂々と償おうとしている。

（それに比べておれのていたらくは何だ）

銀平は体の慄えを抑えるのが精一杯だった。

「おめえはもう死んだんだよ。死んだ奴の首を刎ねるほど、こちとら閑じゃねえってんだ」

勘次が鼻で笑って言う。

「いやだ……いやだよそんなの……」

「いやだっつったってしょうがねえんだよ」

おケイの丸い目はみるみる涙で膨らんでいった。握っていた箸がたたきに落ちて、やけに大きな音がした。

夜が深くなりつつあった。

いたたまれなくなったおケイが出て行こうとした時、

「おケイさん――」

と、銀平が声をかけた。

おケイは振り向いた。

「また蕎麦を食いにおいでなせえ」

くだらないことを言ってしまった、と彼は思った。

だが、銀平の言葉を聞き終えるより前に、おケイはかぶりを振って素早く動き出し、障子戸を開けて出て行った。

開け放った戸口から冷えた夜風が水のように入り込み、店の中で渦巻いた。

「あの女がこれから生きるか死ぬか、銭でも賭けるかい」

勘次は上がり框に座り、雪駄を履きかけている。

「どうせおめえは、死なねえほうに賭けるんだろうよ」

「ええ……親分さんだって、そうお思いでしょう？」

勘次は食い入るように銀平を見つめた。銀平はその視線から逃れようとは思わない。

銀平はおケイみたいに泣けなかった。一度は死を選んで罪を贖（あがな）おうとした彼女が羨ましかった。

だが勘次は目を外し、雪駄を履いて立ち上がった。

勘次の目を見つめ、今この機会を逃してはいけないと念じた。

「さて、こんな辛気臭えとこに長居は無用だ。帰えって嬶の小言聞いてるほうがまだマシだぜ」

「親分さん、実は、あっしもね――」

「やめな」

勘次は間髪入れずに制した。

「おめえの話なんざ聞きたかねえや。おれはここに蕎麦を食いに来たんだ。吐き出すおめえはいいだろうが、おれの身にもなってくれっていうんだ……あの女が死のうが生きようが、そんなこたあどうだっていいんだよ。いいか。人を殺めた奴っていうのはな、誰にも裁けやしねえんだ。お奉行様だろうが神様仏様だろうが、閻魔（えんま）様だって裁けやしねえ。裁くのはたった一人、てめえ自身でしかねえのよ。死ぬまで苦しんで、いや、死んだって地獄の底でもがいて苦しむんだよ。おれあそういう奴らを嫌になるほど見てきたんだ。何食わねえ面して人を殺めた奴だって、胸の内では七転八倒よ。人様の命をとるっていうのはそういうこった。よく憶えときな」

勘次の声には力がなかった。銀平はただ棒立ちになって勘次の顔を見ているしかできない。

「また気が向いたら来てやらあな。だがそん時は泣き言はなしだからな。あばよ」

勘次は雪駄を擦って出て行った。

その足音が聞こえなくなると、銀平は疲れを覚え、のろのろとした動作で上がり框に腰を下ろした。

言うべきことを言えなかったという己の悔いが、冷たい汗となって背筋に流れる。彼は耳の奥がつんとなるような静寂の中に身を置いていた。油が切れたのか、いつしか行燈の火は消えて、暗闇に包まれている。それでいて白昼の眩い陽射しの中に自分がいて、周囲の目に晒(さら)され、白眼視されている気がした。亡霊に苛(さいな)まれ、死へと追い詰められるおケイが羨ましい。殺めてまだ一年しか経っていないという新鮮な苦悩が彼女にそうさせたのかもしれなかった。

両肩が重石(おもし)を載せたみたいに重い。おケイと勘次の残した鉢を洗って片づけ、今日はもう寝ようと思った。すでに暗闇に目が慣れ、障子戸に白んだ月明かりが射している。だがそこに人影が映っていることに気づいた。大人ではない、子どもの影だと判じるのにそう時はかからなかった。

こんな時分に訪れて来る子どもといえば、一人しか思いつかない。銀平が障子戸を開けると、そこにいたのはやはり、いつも父親と来る物乞いの男の子であった。

「お父っつぁんはどうしたんだい」

銀平が訊いても男の子は視線を合わせようとはせず、もじもじとしているだけだった。酸い体臭が鼻をつく。

「お入りなさい」

銀平が言うと男の子は入って来た。あたりを見回したが、まばらな人影が帰路についているだけで、父親の姿は見えなかった。男の子を上がり框に座らせ、再び竈の火を熾して蕎麦をつくり始める。時おり男の子の様子を目で追った。いつもなら傍で見ているはずが、男の子はじっとして動かない。父親の身に何かが起きたのだとは思ったが、あまり深く考えたくはない。彼は疲れ切っていた。

蕎麦ができると男の子のもとへと運んだ。そのまま食べて帰ってくれればいいと思っていたが、男の子は脇に置かれた鉢を見ているだけで食べようとはしない。

「さ、遠慮なくお食べ」

男の子は何か言いたげに銀平を上目遣いに見た。つぶらな二つの瞳だけが暗がりの中で光っている。銀平は煩わしさを感じながらもしゃがみ、視線を男の子の高さに合わせた。

「何だい。言ってみな。お前さんは話せるんだろう？　話してくれないと何をしてやればいいのかわからないからね。男ならはっきりとものを言うもんだ」

銀平はできるだけ柔らかな口調で話しかけた。

「持って帰っていいですか」

小さな声が聞こえた。

「この蕎麦を持って行くのかい」

男の子はうなずいた。銀平は何となく男の子のおかれた状況を察した。おそらく父親は病にでも罹ったのだろう。

「お父っつぁんは動けないんだな」

また男の子はうなずいた。

「わかった。持って行きなせえ。鉢も箸も返すことはねえからな」

銀平が言うと、男の子は鉢を両手でそっと持ち上げた。

「ありがとうございます」

今度ははっきりとした声だった。

だが何か変な感じがする。

そのうち銀平はあることに気づいた。

「お前さんは女の子かい」

その子は恥ずかしそうに小さくうなずく。

「なんて名だい」

「ハナ」

「おハナちゃんか……てっきり男の子だと思っていたが、すまなかったな。お父っつぁんの具合が悪くなるようだったらここに来るんだよ」

ハナは銀平を見たままで動かなくなった。

「……どうしたい」

「あのおじさん、あたいのお父っつぁんじゃあねえから」

ハナはそう言うと慎重に足を運び、開け放った障子戸から出て行った。

銀平は無意識のうちにハナに続いて表に出ると、月明かりの中を歩いて行く、米粒みたいな背中を見守った。その背中が見えなくなっても、彼はその場にしばらく佇んだ。

人気はもうなかった。どこからか栗を焼く香ばしい匂いが漂ってくる。一ツ目之橋のほうから微かに、酔っぱらいたちの騒ぐ声が聞こえた。遊んでいる奴らと、必死に命をつないでいるハナが、同じ人間には思えなかった。

銀平は惨めな気持ちにとらわれた。

血のつながりもないのに、食い扶持すらままならないのに、その男は子を養っている。二人は支え合って健気(けなげ)に生きている。物乞いの二人もおケイも勘次も、それなりの苦しみを抱えて懸命に生きているのだ。おれは食うに困らないのに一人の者さえ救えない。これでいいのかと肚の底から湧き立つ気持ちがある。

だが――、

「人を殺めた奴っていうのはな、誰にも裁けやしねえんだ」

「死んだって地獄の底でもがいて苦しむんだよ」

と、さっきの勘次の言葉が生なましく甦る。

銀平は五十年以上前のあのことを、まざまざと思い出した。


あれは五助と江戸に流れて来てほどなく、初夏のある日のことだった。銀平はまだ八歳だったが、五助とともに日本橋の米問屋の打ち壊しを手伝った。飢えた者たちの群れに潜み、大店に突撃をして米を盗んだ。みな狂気に満ちた獣の目をしていた。そのぎらついた眼光が銀平の記憶に刻みつけられた。

五助が騒ぎのどさくさに帳場へと行き、店の金を盗もうとした。だが番頭に見つけられ、揉み合いとなった。その光景を銀平は間近で見ていた。番頭は大柄で、五助を押さえつけ、ひどく殴った。五助は匕首（あいくち）を抜いて抗ったが力ではかなわず、その抜き身が弾き（はじき）飛ばされ、銀平の足もとに転がった。五助の目が銀平を射るように見て、「刺せ」と合図した。このままでは五助が殺されるかもしれないと感じた銀平は、抜き身を拾うなり番頭の背中に深々と突き立てた。何とも言えない肉を破る感触が手から全身へと伝わった。番頭は痛みに暴れ、銀平は弾き飛ばされ尻餅をついた。血にまみれ、もがき苦しむ番頭を放心して見ていると、五助に手を引っ張られ、その場を逃れた。

見届けはしていないが、番頭は死んだにちがいない。襲った米問屋はつぶれたと後に聞いた。

（おれは人を殺めた……おれは人殺しだ）

銀平は、子ども心にもその事実を、はっきりと自覚した。事件後の数年は、夜となく昼となく、突然殺しの場が脳裏に去来し、体が動かなくなった。

五助は打ち壊しの日にあったことを、死ぬまで口にしなかった。銀平もまた今まで誰ひとりとして――恩人の忠兵衛にさえも――言わなかった。言わなければなかったことになるのだと信じた。

彼は力ずくで己の心に蓋をした。無口であるのは性格ではなく、過去に犯した罪の重さにすぎない。そして博奕を始めたのも、一瞬でもその罪から逃れて忘れるためだ。

博奕の最中の静寂。何もかも忘れて勝負に集中する。この瞬間がたまらなく好きだった。生きている証にも感じた。だがその気持ちがまやかしだとわかっている。人を殺めた現実から逃れたかっただけのこと。十に満たない齢にして、すでに自分が真っ当に生きるに値する人間ではないと本能的に悟ったのだ。

生涯にわたって堅気にはなれないというあきらめの境地が、賭場において恐ろしいまでの集中力を生み出した。壺皿が透けて、賽(さい)の目が見えるように感じた。二つの賽が壺皿の中でかち合って鳴る音だけで丁半がわかる時もある。

反面、勝負を終えた後の虚しさは尋常ではなく、三日三晩高熱を出して寝込むこともあった。蕎麦屋を始めてから数年の間、博奕をやりたくて苦しんだのは、忘我の一瞬を心が欲してたまらなかったからであった――。

月が雲に隠れて翳った。銀平は過去から逃れるように家の中へと入ったが、急に気分が悪くなり、裏庭へと飛び出して厠に行った。吐血すると厠を出て、暗闇を泳ぐみたいに手で掻いて覚束(おぼつか)ない足取りで戻ろうとした。だがその時、朝顔の鉢に足を取られて転んでしまった。彼は打ち拉(ひし)がれたように動けなくなる。冷えた微風が音もなく吹いていた。そのうち雲の切れ間から月がのぞき、倒れた鉢を仄暗く照らした。

銀平は、朝顔の実を見つめる。そして穢(けが)れのないハナの瞳を思い出す。それは誰にも――神仏にさえも――恥じることのない光を放っていた。

無意識のうちに素早く手を伸ばし、枯れた蔓や実をつかんで乱暴に引き抜くと、銀平は夢中で立ち上がるとよろめいて板塀に体をぶつけながら、その向こうへと投げ捨てた。それらは微かな音を立てて落ちた。

また月が雲に隠れて暗闇に包まれる。あたりは静まり返っている。間近でコオロギが鳴き始めた。銀平は我に返り、満たされない思いを抱えたまま、のろのろとした動きで裏口から中へと入り、後ろ手で戸を閉めた。

櫓（やぐら）太鼓の音で目が覚めた。

回向院の勧進相撲が始まったのだ。

（霜月ももう半ばか……）

銀平は板間に寝転がり、その音を聞くともなしに聞いていた。あれはいつであったか、忠兵衛のもとに身を寄せ、博奕に明け暮れるようになった頃だと思うが、一家の古参の人足に連れられ、勧進相撲の見物に出かけたことがあった。相撲見物といえば聞こえはいいが、要するに賭け相撲をやったにすぎなかった。

大男が生身の肉体をぶつけ合うのは迫力があり、引き込まれたが、賭けるのはすぐに飽きた。人の褌（ふんどし）で相撲を取るというのはよく言ったもので、銀平には誰かの力に頼って賭けているような気がしてまったく物足りなかった。丁半博奕の興奮はその比ではない。自分自身の身も心も、振られた二つの賽の目に同化するほどに集中する刹那、血が沸くどころか骨すら鳴る。博奕は彼にとってのすべてだった。

この頃は日に十杯を切りとして蕎麦をつくった。

体の具合は相変わらず不調であり、少しずつ悪くなってゆく自覚はあったが、死ぬまでにはまだ間があると感じる。

勘次はあの日から一度だけ店にやって来た。いつもの軽口や愚痴はなく、黙々と枡酒を飲んで蕎麦を食べた。そしてすぐには帰らず、空になった枡を弄びながら、

「あの女はあれから来たかい」

と訊いた。おケイのことを言っているのだとすぐにわかった。

「おケイさんなら、来てませんが」

「ふん、バカにしてるじゃあねえか。ここんとこ毎朝、竪川の川っぷちにいてよ、身投げどころか納豆売りの若い衆と待ち合わせて相引きよ。男と一緒に『なっとー、なっとなっとー』てな売り声をあげてよ……ったく、いい気なもんだぜ。『なっとー、なっとなっとー』ってよ」

銀平は吸い寄せられるように台所を出て、たたきに立った。

「そうですかい……まあでも、生きていてよかったじゃあねえですか。これも親分さんのお目こぼしのおかげでございますよ」

「……若いっていいよな。やり直しがきかあな」

勘次の言葉の中にいつもの嫌味は全くなく、素直さすら感じる。そういえばどことなく眦(まなじり)が柔らかになったように思えた。勘次は銀平を一顧だにしないで、ただ黙って枡ばかりを見ている。

「もう一杯、やりますかい？」

「いらねえよ」

勘次はようやく銀平を見て微笑んだ。

「……酒ってこんなに不味いもんだったのかと思ってよ。おれはこれが楽しみで生きて来たんだがな」

しんみりとなって言う。別人のようだと銀平は思った。

「おっといけねえ、嬶に使いもんを頼まれてたんだ。ごちそうさん」

勢いよく枡を置くと、勘次は五枚の四文銭を枡の傍に添えた。

「それとな、おれはもう親分さんじゃあねえから。ただの勘次よ。ま、おめえは死ぬまで蕎麦屋をやれよな」

雪駄を履きながら言って、勘次は出て行った。

銀平は空になった鉢と枡、そして傍らに置かれた銭を眺めた。

たとえおケイが新しい暮らしを見つけたとて、罪が消え去ることはないと思った。だがおケイなら惚れた男に打ち明けるかもしれない。できた男ならば彼女のすべてを受け止め、苦しみを分かち合って傷を癒してくれるだろう。生きる望みをつなごうとしている彼女が羨ましかった。

いつしか櫓太鼓の音はやんでいた。

そろそろ商いもやめようと考えていた。月に一度、挽(ひ)いた蕎麦粉と大豆粉をいつも持って来てくれる粉名屋の小僧にそれを伝え、わずかな駄賃を与えた。小僧は礼を言った後も、神妙な面持ちで何か言いたげにしていた。銀平はその言葉を言わせずに「帰ったら親方によろしく言っておいてくださいよ」と微笑んだ。

その日は午後からとうとう客が一人も来なかった。夕方近くになってにわかに空が暗くなり、篠突く雨が降り出した。銀平は開け放った戸口に立って雨に煙る表を眺めながら、いっそ今日でもう店を閉めようかと考え始めていた。

水溜りに雨が撥ねて小さな波紋を間断なくつくっている。ひんやりとした微風が始終吹いていた。時おり行きすぎる人は足早で、銀平の店など見向きもしない。

銀平は笑みを浮かべた。これで思い残すことなく商いにけりをつけられる。そうなればあとは命が自然と尽きるのを待てばいいだけであった。

だが、戸を閉めようと思いつつ、体が動かなかった。地蔵のようにじっとして、雨が落ちる通りを眺めている。

思いのほか、空が明るい。ところどころに薄墨を垂らしたようで、淡いその暗さがかえって明るさを際立たせている。どこから雨が落ちているのかと訝しむほどであったが、確かに雨は降っていた。

軒から水滴が規則正しく落ち始めた。雨音は強くも弱くもならない。銀平は何でもない、どこにでもある雨の移ろいをただ眺めていた。それが夢の中のできごとだと言われれば信じるほどだった。

　笑顔も消え、虚ろになって立ち尽くした。

　笠を被り、蓑をつけた飛脚の影が、水飛沫(しぶき)を飛ばしながら目の前を走りすぎて行く。その足音に銀平はようやく我に返る。蕎麦でも食べて早いうちに寝ようと思った。ようやく体を動かし、障子戸を閉めようとした時、店の脇に丸まった大きな影を認めた。こんなところにどうして岩が転がっているのだろうと思案していると、その影がゆっくりと動いて立ったので、人だと気づいたのだった。人影はこちらを見つめているようだった。見覚えがあった。

「清太さんかい」

「……銀さん、すまねえ」

　かすれた清太の声がした。

「今さら何をしに帰って来なすった」

「そりゃあそうだよな……」

「詫びならいらねえよ」

「合わせる面もねえや」

「わかっていなさるならいい」

　銀平は戸を閉めた。だが清太が立ち去る気配はない。博奕で疲れ果て、その気力すらないことは想像に難くなかった。放っておけばいつかは諦めて去って行くだろう。

それが一番の薬になるはずだと、銀平が心張り棒を手にした時だった。

ふいに、さきほどの勘次の言葉が思い出された。

おケイはその言葉に赦され、地獄の底から甦ったのだ。人殺しでもない清太が赦されないはずはなかった。

「す、すまねえ……銀さん……すまねえ……」

息も絶え絶えの清太の声がした。銀平は戸を開けて清太を見た。雨に濡れながら清太が正座してこちらを向いている。

「さっさとお入りなせえ」

清太は暗い店の中へと入り、上がり框に座った。ずぶ濡れなのだろう。その身から淡い雨の匂いがした。慄えている気配もする。銀平は戸を閉めて心張り棒をすると板間に上がり、行燈の火を点けた。そして小簞笥から自分の浴衣と手拭いを出し、清太の傍に置いた。

「着替えなさるといい」

銀平は清太の傍に座って言った。

清太は戸惑う目を銀平に向けた。

「さ、早く。風邪をひかれるほうが厄介だからね」

言いながら、銀平はいつしか清太が無事だったという安堵の気持ちが大きくなってゆくのを感じていた。博奕にのめり込んだ者の行く末は、そのほとんどが悲惨なものだ。自殺し、のたれ死に、悪の道に入って斬首され、磔となる。博奕打ちは銭を張っているのではなく、間違ったやり方で命を張っているのだと思う。

清太は板間に上がり、濡れた着物を脱ぐと手拭いで体を拭き、白地に紺色の小槌柄のついた浴衣に着替えた。行燈の橙色の灯りの中に浮かぶ清太の体は肋骨が浮くほど痩せている。銀平はもう痛々しさしか感じなかった。

「蕎麦でも食いますかい」

清太は目を剝いて銀平を見た。

「おれを赦すのかい」

「赦したわけじゃあねえでさあ」

「だったら何でそんな……稼いだ銭を持ち逃げして、全部博奕にぶっ込んでこの通りすってんてんになったんだぜ」

「そんなことは見ればわかりますよ」

「けどよ、一昨日まではついていたんだ。四十両にまでなって……昨夜の賭場がいけなかったんだ」

「もう言いなさんな。博奕は負けたら終わりです。何を言っても銭は戻ってこねえや」

清太はじっとして、床板に目を落とした。

「惨めでしょう、情けねえでしょう……博奕とはそういうもんです」

行燈の灯りが清太の虚脱した顔を明滅させている。だが、負けて悔しい気持ちを表情に出すのはまだ素人だ。勝っても負けても顔や態度には出さないのが本当の博奕打ちだというが、それはもう博奕が生きることそのものになった証であった。だからこそ清太はまだ大丈夫だと感じる。

「とにかく、何か食わねえと」

銀平は台所へと行き、蕎麦をつくり始めた。竈の火の暖かさが寒々とした心には助け舟のようにも感じる。長年この仕事をしてきて、火を扱えることに感謝した。その色や動きなど、どれひとつとってみても癒やされる。

夏場は熱くてかなわないだろう、と知らない者なら言うだろうが、その熱さで汗を流した後に風に当たればこれほど爽快な気分もない。真っ当な仕事は嘘をつかないし、自分がつく必要もなかった。博奕打ちだった銀平には身に沁みてそれがわかるのだ。

銀平はひとつの感慨にとらわれる。これに懲りて今度こそ清太が堅気になってはくれないだろうかと。説得しようと思い、彼は清太を見た。ところが清太のほうが銀平を見ていて、何か言いたげな顔をしている。

「どうしたんです？」

「おれ、惚れた女があるんだ」

「そうですかい。じゃあ所帯を持つためには堅気にならねえと」

「堅気になったところで無理なんだよ」

「どういうことです？」

「その女は吉原の花魁（おいらん）でね。小桜（こざくら）というんだが、身請けするには三百五十両の銭が必要だ」

「……あきらめ切れねえんですかい」

「それができりゃあ苦労はしねえや」

「つまり、身請けの銭を博奕で稼ごうとしたというわけだね」

「そうさ……」

清太は目を落とし、じっとして何か思案しているふうだったが、無精髭を撫でて銀平を見た。

「おれはね、もともとみなしごよ。親父の顔は見たこともねえし、お袋はおれを産んですぐ死んじまった。仕方なく飴売りをやってる叔父夫婦に引き取られたんだが、その家にはガキが七人もいてね。おれなんか犬か猫みてえなもんで、飯抜きなんぞは当たり前だった。叔父夫婦からは毎日のように怒鳴られて殴られたし、他のガキどもにはいじめられた。八つの時に小さな酒問屋に奉公に出されてよ。そこでも先に入った小僧とか手代とか番頭にいたぶられた」

そこで清太は喉を大きく鳴らして唾を飲んだ。銀平には喉仏の動く様までが見えるようであった。

「あれは何だろうね……おれはずいぶんひねくれてたんだろうな。生まれてから一度だって誰かに優しくしてもらったり、愛でられたりなんてことがなかったから……『何だその目は』って言われてよ……客にだって愛想笑いひとつしなかったから『気味が悪い』なんて陰口叩かれて……でも仕事はそれなりにできたから辞めさせられはしなかった。十八で手代になったんだが、憂さ晴らしに博奕をやったら二十両も儲けちまった……そこから吉原通いが始まって、小桜と出会ったんだ……心底惚れちまって、こいつと添い遂げてえと思って、ゆくゆくは夫婦になると契ったのよ。だが使用人の安い給金じゃあとても身請けは無理だ。それで店の酒を少しずつくすねて売って、銭をコツコツ貯めて、それを元金にして博奕で身請けの銭をつくろうと考えたんだ」

「そいつあ無茶な話だ。博奕の銭は所詮泡銭だからね。実際、おめえさんは賭場の銭にも手をつけなすったただろう」

「無茶は承知だよ。でもおれにできることはそれしかなかった」

「……しかし、銭の切れ目が縁の切れ目だ。花魁の気持ちなんざ、水物ですぜ。信用がならねえ」

「小桜はそんな女じゃあねえ」

清太は銀平を睨みつけ、吐き捨てた。

「小指の爪を剝がして、おれに送ってくれたんだ」

清太はたたきに下りて台所まで来ると、下帯の間に挟んだ小さな赤茶けた布包みを出して開いて見せた。そこには確かに剝がされた小指の爪があった。だがその爪が小桜のものだという保証はどこにもない。爪を剝いで売り渡す女や、薄く剝いで誤魔化す女郎もいると聞いたこともある。

「見ろよ」

「これが小桜のものとは限らねえでしょう？」

銀平は冷めた目でそれをちらっと見ただけで湯加減に集中した。

「小桜が偽っているとでもいうのか？」

清太は銀平に食らいつくように、怒りを滲ませて言う。

「目の前で剝がしましたかい？」

「目の前じゃあねえが、小指に手当ての布を巻いてたさ」

「そんなもなあ後から何とでもなりまさあ」

「で、でもよ」

「あっしはね、清太さんが心配だから言ってるんだ……で、小桜と契ったというのはいつ頃の話なんで？」

「かれこれ一年も前のことだ」

「一年前なら、もうとうに他に情夫ができただろうとあきらめなさい」

「そんなことできるかよ」

清太は吐き捨て、目をむいて顔を銀平に近づけた。

「銀さんにはわからねえさ」

「何がだい」

「おれみてえな男がよ、惚れた女に生まれて初めて抱きしめられた時の気持ちが、どんなもんか……お袋に抱かれた憶えだってないっていうのによ……小桜と添い遂げられねえんなら、おれは……おれはいっそ首をくくったほうがましなんだよ！」

叫び声は静寂に吸い込まれて消えた。銀平は静かに清太を見つめた。

「ちきしょう」

清太は銀平の視線から逃れるように急ぎ足で台所を出て、板間に上がって座り込んだ。

「……清太さん、あんたいくつだい？」

「二十一だ」

清太の目が涙で光っている。

まだ若かった。若いゆえに真っ直ぐに突き進み、追い詰められ、疲れ果てた顔だった。

銀平は蕎麦を湯に通した。煮えた出汁を鉢に注ぎ、そこに温まった蕎麦を入れた。

バカな男だと思った。

人間の純情というものは、毒にも薬にも、狂気にもなると銀平は承知していた。

この男を死なせるのは簡単なことだった。このまま放り出せばどこかでのたれ死ぬだろう。

博奕と女――それによって身を持ち崩して死ぬ奴などいくつも見てきたし、珍しいことでもない。

清太と初めて会った夜のことを思い出す。あの時、幼子のような清太の顔に自らを重ね合わせた。こうしてつきあってみると、本当に自分自身のようにも思える。

清太に出来上がった蕎麦を手渡し、銀平はためらいもなくその真向かいに座った。清太はちょっと銀平を見て、そして鯨が大量の小魚を呑み込むように大口を開け、猛然と箸を動かして蕎麦をかき込んだ。濃い出汁の匂いがたつ。時おり鉢から出汁が飛んで床板に落ちる音がする。鉢をひっくり返すみたいに持ち上げ、出汁を残らず飲み干すと、清太は深く長い息を吐いた。しばらく鉢と箸を持ったままで動かなかった。

「もう一杯食べますかい？」

銀平が言うと清太は微笑みを見せ、首を小さく横に振った。鉢と箸を置いて、「ごちそうさま」と手を合わせた。

「で、身請けの銭をつくれそうにもないのに、これからどうするかお決めなすってるんで？」

「……いっそどっかの大店の蔵でも破ろうかと思ってな」

「そいつあいけねえ」

清太は声をあげて笑ったが、すぐに笑みは消え去った。

「わかってるよ。悪事だけはやらねえつもりだ。でもよ、吉原に乗り込んで行って、小桜と心中しようかとまで真剣に考えた。それもできっこねえことはわかってるがな。要するにどうすればいいかわからなくなってふらふらしてたら、ここに来ちまってたってことだ。おれにはもう他に行く場所がないから……でもよ、おれ、ここに戻るかどうか、ずいぶん迷ったんだぜ」

「そりゃあ銭をみんな持って逃げたんだから当たり前でしょうよ」

「そうじゃあねえんだ。あの朝、銀さんが別れた女房のとこに朝顔持って行くって言っただろ？」

「それがどうかしたんですかい」

「これでおれもお払い箱になるかもしれねえって思ったんだ。銀さんがよりを戻して二人でこの店をやるようになったら、おれなんかいらなくなるんじゃあねえかって」

「そんなことあるわけがねえだろう」

間髪入れずに銀平は言った。

「……おれはね、根っから人を信じることができねえ性分なんだよ。信じたいんだけど、どうしてもできねえんだ」

清太はためらいがちに、訥々(とつとつ)と言葉を発した。

銀平は目顔で頷く。

「一番信じられねえのは、自分じゃあねえのかい？」

思いのほか気持ちが入ってしまい、声が陰に籠(こ)もる。

驚いた顔で清太は銀平を見た。

銀平が言う。

「あっしもそうよ……だから博奕に頼っちまうんだ」

清太は気まずそうに目を伏せた。

「で、あれからどうなったんだい。別れた女房とは」

「女房は死んでましたよ。荷車に轢かれてね」

清太はまた驚きの目で銀平を見た。

「そうだったのかい……そいつあ気の毒なことだったな」

「おれはね、清太さん。女房とお前さんと三人で、この蕎麦屋をやっていけたらと考えていたんだよ」

「……もったいねえ」

と呟き、清太は俯いた。

それから二人は目を落とし、黙って黒い鉢を見ていた。行燈の火影が揺れ、鉢を鈍く照らしている。微かにまだ出汁の匂いが残っていた。雨音がずっと続いている。銀平は言うべき言葉がなくて黙っているのではなかった。やるべきかどうか肚をくくるのに、閑がかかっていたのだった。

清太は手練手管の花魁にだまされているのかもしれなかった。だが清太の熱くひたむきな想いの中に、そんな欺瞞(ぎまん)をも超越する力を感じた。

(もう一度、この男に賭けてみようか……)

銀平は目を上げて清太を見る。清太も銀平を見返した。

「もしあっしが身請けの銭を清太さんに差し上げたら」

と、肚をくくる前に言ってしまった。

「今度こそ真っ当な堅気になると、誓ってもらえますかい」

清太は鼻で笑った。

「そんな銭がどこにあるっていうんだい」

「あっしは堅気になるかどうかと訊いてるんでさあ」

「もちろんなるさ。小桜と添い遂げられるなら真面目に働くよ」

「いいでしょう。では行きましょうか」

「行くって、どこに」

銀平は黙って店を出て小雨の中を歩き出した。その後を清太が慌ててついて行く。冷え切った雨が肌を濡らしたが銀平は気にも留めなかった。ぬかるんだ道に足をとられ、何度も転びそうになったが、そのたびに清太が手を伸ばして銀平の腕をつかんで支えた。

元町の通りに入り、着いたのは丑吉の家だった。もとは忠兵衛の家で馴染み深かったが、訪れるのは足を洗って以来だから三十年ぶりだった。黒板塀に囲われた家で、かつては人足たちを住まわせていた経緯から、離れが四つもある広い家であった。

商家のような大戸が下ろされひっそりとしている。

銀平は戸を叩き、「夜分おそれいります」と声をかけた。間もなく脇の潜り戸が開き、若い子分が顔を覗かせた。

「なんでえ」

「あっしは一ツ目之橋のたもとで蕎麦を売っております銀平と申します。丑吉親分に折り入ってのお話があって参りました」

「今は飯どきだ。明日にしろ」

「八州博奕の一件で、とお伝えいただければ話が通るかと思いますが」

「待ってろ」

子分は舌打ちをして引っ込んだ。

銀平はため息を吐いた。忠兵衛が親分の頃は、どのような来客でも子分には頭を低くさせて丁寧に応対させた。ぞんざいな口をきこうものならこっぴどく叱られたものだった。

「銀さん、八州博奕って何のことだい」

「今にわかりますよ」

にわかに騒々しい足音がしたかと思うと、潜り戸から何人もの子分たちが愛想笑いを浮かべてあらわれ、「伯父貴、どうぞこちらへ」「そちらのお客人もどうぞ」「さ、どうぞ」と口々に言い、家の中へと銀平と清太を連れて入った。

銀平と清太の前に座る丑吉は、煙管と盃を手に終始ご満悦といった感じであった。その周囲には子分衆が取り巻き、丑吉に灰皿を差し出し、盃が空けば銚子の酒を注いでいる。御膳には焼き魚や山菜の煮物などが載っていた。銀平と清太も夕飯を勧められたが、済ませてきたと言って断った。

「よく決心しておくれなすったね。銀平どんがやるとなれば百人力だ」

「その代わり稼ぎの半分をあっしたちの分け前として——」

「わかってるよ。山分けだ。本所の丑吉に二言はねえ」

「つきましては、賭場より戻りましたら取り決めの証文をお願いしたく存じます」

丑吉の顔色が変わった。

「このおれを疑おうっていうのかい」

「そうではございません。なにぶん大金でございますので、お互いにそのほうが安心でございましょう」

銀平は目に力をこめて丑吉を見据える。丑吉は弾けるように笑った。

「ちげえねえや。銀平どんあっての八州博奕だ。証文でも何でも書いてやるよ」

「ありがとうございます」

「その代わり、もし元金も取り戻せないとすれば」

「承知しております。あっしの命はねえものと思っております」

「まあしかし、いくら齢を食ったからと言って、おめえが負けることはよもやあるまい」

銀平は黙って頭を下げた。胸の内では負けのない博奕などこの世にあるものかと思っていた。しかも三十年もやっていなければ勘も鈍っているかもしれない。だが、清太の望みをかなえるためにはやらずにはおられないと決めていた。

丑吉は煙管を吸って煙を吐き出した。

「清太とか言ったな。おめえはついてるぜ。銀平どんにかかれば身請けの銭など朝飯前だ」

清太は憮然（ぶぜん）とした表情で一言も発せず、横目で銀平を見ているだけだった。

「それで、今年はどちらでの開帳となりますでしょう？」

銀平が訊く。

「武蔵国は峰山神社（みねやまじんじゃ）裏の山中だ。日取りはそのうちわかるだろうが、師走の半ば頃になるだろうよ。貸し元は武蔵一帯を縄張りとしている長次郎（ちょうじろう）という男でな。子分が五百余りというから、なかなか大した奴らしいぜ。おい丈太郎（じょうたろう）」

丑吉が呼ぶと、傍にいた体格のいい子分が「へい」と畏（かしこま）って返事をした。その男は右顎に傷痕のある、所場代を取りに来たあの大柄の男だった。

「銀平どん、この丈太郎に道案内をさせるから道中は安心してくれ。追い剝ぎが五、六人かかって来たってこいつにゃあ勝てっこねえ。いくら銭を稼いでも大丈夫だぜ」

丑吉は高笑いをした。

「丈太郎、銀平どんの世話をしっかりするんだぜ」

丈太郎は銀平に向き直り、頭を低くした。

「未熟者ではございますが、ご同道のほど、どうぞよろしくお願いします」

道案内や用心棒というより、銀平が金を持ち逃げしないための見張り役なのだろう。それは当然のことではあったが、稼ぎを全部奪われて始末をされないとも限らないと銀平は思った。

「当方はこの清太を伴いますが、よろしいでしょうな」

「いいともよ」

丑吉の言葉の中に一瞬のためらいがあるのを銀平は感じ取った。

銀平と清太が丑吉の家を後にした頃には、雨はあがっていた。風もなく、冷たい空気に包まれている。銀平は丑吉が子分に送らせると言うのを断り、提灯だけもらい清太に提げさせて歩いた。

「大丈夫かい」

「何がです？」

「こんなこと……ひと晩で七百両なんて、とても稼げるとは思えないよ」

「なあに、八州博奕を仕切る貸し元は、ひと晩で五千両から一万両のあがりがあるんですよ。端金（はしたがね）とまでは言わねえが、それに比べりゃあ大したことはありませんよ」

「一万両……」

清太の口からため息が漏れる。

「八州博奕というのはそういうものです」

「でもよ、もししくじったら」

銀平が足を止めた。清太も立ち止まり、人気のない通りに二人の影が並んだ。

「ねえ清太さん、あっしと一つだけ約束して欲しいんですよ」

「何をだい？」

「もしうまくことが運ばなくても、女など忘れて堅気になるってことです」

「けど、そうなったら……小桜もおれも生きてはおれないかもしれねえな」

「だったらあっしは降りますよ」

銀平の目は清太を見ないで、月明かりもない暗い前方を見ている。清太は黙り込み、思案しているふうだった。

急にきつい風が吹いて銀平の体が傾いだ。

思わず清太の手が伸びて銀平の腕をつかむ。

二人は暫し見合った。

銀平は清太の手を払い退けて歩き出した。

「銀さん、何をそんなに怒ってんだよ」

苛立っていた。

　この男は博奕の恐ろしさをまだまったくわかっていない。このままだときっと博奕で身を滅すに決まってる。八州博奕に挑む前に、この男の性根を叩き直さないといけない、と銀平は思いながら歩き続けた。


　店に戻ると銀平は提灯を清太から取り上げ、台所の酒樽の上に置いた。暗い灯りが二人の姿を浮かばせる。

「何するつもりだい」

　清太が訝(いぶか)しんで訊く。

「博奕に勝とうが負けようが、どっちに転んでも清太さんが堅気になってくれるかどうか確かめるんですよ」

「確かめる？」

　銀平は棚から包丁を取った。

「小指をあっしに預けてくだせえ」

「え？　どうしてそんな」

「それが堅気になる証だ」

　清太の強張った表情がだんだんとひいて、静かになってゆくのがわかる。銀平は包丁を提げたまま見返していた。

「わかったよ」

清太は左手を流し台の上に載せた。

「さあやってくれ」

声はしっかりしているが、載せた手は小刻みに慄えている。

銀平はその手を強く押さえ、薬指と小指の間に切っ先を立てた。

清太は歯を食いしばり、目を固く閉じて俯く。刃に微かに灯りが照り返し、明滅している。

清太の手は石のように固く冷たい感触だった。

「行きますぜ」

息を殺して銀平は言った。

清太は小さく何度もうなずいた。

銀平は柄を握る手に力を込め、一気に刃を下へと動かした。そして刃が小指に当たったところでピタリと止めた。押さえた清太の左手は逃れようともせず、少しも動かなかった。小指には冷たい刃の感触だけが伝わっているだろう。この男は本気だと思い、銀平は手を放した。深くうなだれていた清太は顔を上げた。額に浮かんだいくつもの玉のような汗が鈍く光っている。

「やらねえのかい」

清太の声は、緊張のあまりひどくかすれていた。

「ああ。清太さんの気持ちが本気だとわかったからね」

「試したってわけかい」

「気に入らねえかい」

清太は答えなかった。動かないで荒い息をしているだけだった。その息は銀平の頬に当たっている。

「でもね、こうでもしねえと清太さんの身を護(まも)ってやれねえ。半端な気持ちで博奕にのめり込めば、必ず命にかかわる。どうかわかってくだせえ」

それは忠兵衛が聞き分けのない若い衆によく使っていた手だった。忠兵衛は滅多なことでは子分を傷つけたりはしなかった。だがそれでかえって忠兵衛という男の、子分思いの底知れない恐ろしさを知らされた。実際、その昔、理不尽な理由で子分が他の一家の連中にからまれて痛めつけられ、その傷がもとで亡くなった際、長脇差一本持って単身乗り込み、痛めつけた五人を斬り殺したという話であった。あくまで噂ではあったが、銀平はそれを信じた。

清太は長い間じっとして、沈黙を守る。その心が読めなかった。根負けしたように銀平は包丁を棚にしまう。腹が痛み、早く横になって体を休ませたかった。

「清太さん、もう寝ようや」

清太が不意にがっくりと深くうなだれると、銀平の腕をいきなり両手で痛いほど強く握った。

　銀平は驚き見た。

　清太は体を慄わせている。泣いているのだった。

「どうなさったんです」

「銀さんだけだ……」

　清太は湿った声を振り絞った。

「何がです？」

「銀さんだけが、おれを人間扱いしてくれた」

　その言葉は銀平の体の芯に深く、重く響いた。しばらくの間、声が出せなかった。銀平は父親を亡くした後、忠兵衛と出会う前の自分を思い出した。ひとりぼっちの彼は貧しく、虐げられ、どこへ行っても犬猫のように扱われた。心が荒み切っていた。死のうが生きようがどうでもよかった。それを救ってくれたのは忠兵衛ただ一人であった。清太の気持ちが我がことのように身に沁みる。この男はきっと、これまで何度も死んでしまおうと考えたにちがいない。

「ねえ清太さん、もう生きてはおれないなんて言いっこなしですぜ……生きてさえいれば何とかなるんだ」

　銀平はこみ上げてくる感情を抑えて言った。

　清太はうんうんと全身でうなずき、

「……ありがとう」

と、声にならない声をあげた。

銀平は清太の肩を小さく二度、叩いた。

「さ、もう寝ましょう」

「ああ」

そう言いながら清太は子どもみたいに何度も手で涙を拭いていた。

それから二人は蒲団を並べて横になった。清太はすぐに寝入ったが、銀平はなかなか眠れない。八州博奕に挑む興奮が完全に呼び覚まされていた。博奕そのものの興奮というより、本当の己の死に場所をようやく見つけたという清々しい興奮であった。

身を起こして清太を見た。清太の表情は見えず、顔の輪郭の影が薄らと見えているだけだった。小さな、落ち着いた寝息が聞こえている。

前触れなく血が沸き立ち、胸が太鼓を乱れ打つが如く鳴り出した。

銀平は確信した。

(こいつはおれに似ているどころか、おれそのものじゃあねえか)

どこかで按摩笛がひょうひょうと侘しく鳴り響いた。銀平はそれを聞きながら、興奮を鎮めるように、静かに身を横たえた。

第五章 命か、銭か

冬だというのに寒さは感じなかった。

久しぶりの八州博奕の賭場に、気が張っているのだろう。

提灯の灯りの下、客たちの顔がずらっと並び、壺を振る振方の男を注視している。並んだ畳が不自然に波打ち、まずい状態だなと銀平は思った。

銀平は切餅四つの百両を前に置いて、半に張った。だが他のすべての客は次々と丁に張った。これはいかさまだと直感して、「待った」と声を出したとたん、提灯の火が消えて暗闇に包まれる。

突然胃の痛みに襲われ、銀平は唸って転がり身悶えした。

「銀さん——銀さん——」

どこかから清太の声が聞こえてくる。それがだんだんと近づいてきて銀平は飛び起きた。

寝巻きが汗でぐっしょりと濡れ、肌に張りついている。腹の痛みは続いていた。側には清太が心配そうに座っている。

「大丈夫かい？　えらくうなされていたぜ」

「ええ……ちょっと腹が痛みましてね」

夜明け前だった。清太の吐く息が白い。夜着を重ねたのが悪かったのかもしれないと、清太がぶつぶつと言うのを、銀平はぼやけた頭で聞いていた。

八州博奕を引き受けてから、もとのように二人で商いを始めた。そのほうがお互いに気が紛れるからいいだろうと銀平の考えで始めたのだが、なかなかそううまくはいかなかった。

以前は店の表で威勢のいい売り声をあげていた清太だったが、それもやめてしまった。快活さは鳴りを潜め、銀平と変わらぬほどの少ない口数で働いた。別人になったのではないかと案じる常連客もいるほどだった。

ある晩、寝る前に清太が小さな賽二つと茶碗を銀平の枕もとに持って来て、「ちょっと稽古しねえかい」と言い出した。

そんなことをしても何の意味もないことは、銀平が一番よくわかっている。賭場というのはその時どき、場所場所でツキが変わるものだった。稽古をしたからといって上手になるわけでも何でもない。それを言ったが清太は承知しなかった。勝手に茶碗に賽を投げ入れ、「丁か半かどっちだい」と一方的に訊いてくる。

すでに銀平は寝床についていたが、目を閉じたままで「半」と適当に答えた。

「丁だよ。だめじゃあねえか。大丈夫かい？」

銀平は微かな焦りと苛立ちを覚え、本当にだめなのではないかという恐れを抱いた。

「じゃあもういっぺんやってみなせえ」

銀平は言って、今度は気を賽に集中した。清太が茶碗に投げ入れ、賽の踊る音がした。

「半だね」

「おお、当たった当たった」

と喜び、清太はまた賽を投げる。

「丁だ」

「すげえ、当たった」

その後三回も続けて賽は投げられたがすべて当たっていて、清太を驚かせ、興奮もさせた。

「銀さんは本物の博奕打ちだよ。おれはこんなの見たことねえ。どうしてわかるんだい」

荒い息遣いで言う清太に銀平は辟易(へきえき)する。まったく意味のないことだった。感覚を研ぎ澄ませ、賽の音を聞き分ければよかった。

本番は茶碗ではなく壺皿だ。こんなくだらないことで消耗し、体を疲れさせるのはいただけない。毎晩やられたら堪らなかった。

「清太さん、きっとこれでかなりツキが落ちてしまいましたよ」

「え？」

「それにあっしの体は弱ってるんだ。ちったあ考えてもらわねえと」

と、わざとつらそうな芝居をして言った。

「す、すまねえもうやらねえよ。ゆっくり休んでくれ」

清太はうろたえた声をあげた。清太のような男にはこうまでしないと効き目がないだろうと思いながら、一方で、まだおれの感覚は鈍っていないと自信を持ったのも確かだった。

それ以来清太はおとなしくなった。博奕の話などは一切しなくなり、二人とも心の置き場所を失ってしまったみたいに、自然と沈黙の時が長くなった。

「ちょっと粉を仕入れて来るよ」

その日、午すぎに客足が途切れた時、清太が言い出した。この前に粉名屋の小僧が持ってきてくれた蕎麦粉と大豆粉がまだ残っている。銀平は嫌な予感がした。

「粉ならまだあるでしょう」

「ちんけな博奕にゃあもう手を出さねえから、安心しな」

と笑って清太は出て行ってしまった。きっと店の中にいたのでは息が詰まるのだろう。

銀平も少し休もうと、板間で横になると目を閉じた。

博奕のことを何も考えまいとするのはとうにあきらめたが、どうにか体だけは八州博奕の日までもって欲しいと願った。近頃は日に日に食欲が失せてゆくのを感じる。それを心配した清太が薄い粥をつくってくれたが、茶碗に半分も食べられればいいほうであった。

その反面、八州博奕に向かう気力は衰えるどころか増していった。ただ、あれからもう三十年の歳月が流れている。しきたりや作法は同じだろうかといった不安がないと言えば嘘になった。それでも、この山を乗り越えれば、銭も命もすべての片がつくという期待と希望が優って奮い立った。

「ごめんなすって。丑吉一家の丈太郎でございやす」

銀平は身を起こし、障子戸のほうを見た。大柄な男の影が映っている。

「どうぞお入りください」

銀平はたたきに下りて立った。戸が開き、身を屈めて丈太郎が入って来る。

「失礼します。日取りが師走の廿日に決まりましたのでお伝えにあがりやした。伯父貴におかれましてはご足労願いますが、なにとぞよろしくお願いいたしやす」

丈太郎は頭を低くしたままで言う。

「承知しました。さ、お座りになって楽になすってください。今、白湯でも出しますんで。外は寒かったでしょう」

「恐れ入ります」

と言ったが、丈太郎は座る気配はない。何か言いたげに唇を小さく動かしたが、声は出なかった。

「何か、ございましたでしょうか」

「いえ、その……先だっては、つまり、所場代をいただいた時ですが……たいそう失礼なまねをしまして、申し訳ございませんでした」

丈太郎は頭を深々と下げた。

「ああ……そんなことは何とも思っちゃあいませんよ。そもそもあっしの稼ぎが少ねえのがいけなかったんでさ。どうか面（おもて）を上げておくんなさい」

丈太郎は顔を上げた。

「伯父貴が、先代の忠兵衛親分にお仕えなすっていたとも知りませんで」

「……遠い昔のことですよ。でもね、年寄り相手にあんなふうに取り立ててはいけねえと思いますよ。少なくとも忠兵衛親分の頃は、堅気衆には絶対に乱暴はしなかったものです」

「へえ、お恥ずかしい限りで……」

「まあそれも丑吉親分に言われて、仕方なくでしょう」

「はあ」

「丈太郎さんを見ればわかりますよ」

銀平は微笑んだ。丈太郎も微かに目もとを緩める。この男はよくものわかる男だと思った。

丈太郎は立ったまま、わずかに目を落として銀平の下駄を履いた足もとを見ている。奇妙な沈黙の間が生まれ、銀平は戸惑った。

「あの……」

ようやく丈太郎が口を開いたが、その後が続かなかった。

「何でございましょう？」

「蕎麦を一杯食わせてもらえたらと思いまして」

「……ああ、どうぞどうぞ。今すぐにつくりますんで座って待っていてくださいな」

「お手を煩わせてすみません」

銀平は声をあげて笑った。

「蕎麦屋が蕎麦をつくるのは当たり前ですよ」

丈太郎は決まりが悪そうに上がり框に腰を下ろした。銀平は台所に立ち、竈の火を熾して蕎麦をつくり始める。時おり丈太郎の様子をうかがってみると、落ち着かない感じで店の中を見回していた。

蕎麦をつくりながら、廿日という日取りを頭の中で反芻していた。考えてみればあと五日後のことであった。不思議なことに、日取りを聞いたとたん、若き日の博奕の勘が戻ったみたいな力を得た気がしてならなかった。

いつになくいい気分で銀平は蕎麦をつくり、丈太郎に出した。

丈太郎は手にした鉢の湯気立つ蕎麦をじっと見つめた。

銀平は黙って少し離れ、上がり框に腰を下ろした。

蕎麦を貪り食べる音が聞こえた。

その音が続き、途切れた時に銀平が目をやると、丈太郎は鉢を持ち上げて出汁を飲み干すところであった。食べ終えた丈太郎は鉢を置いて手を合わせた。

「ごちそうさまでした」

「お粗末さまでございました」

「美味しかった……」

丈太郎がひとりごちる。出汁も干してきれいになった鉢の底が鈍く光っている。銀平がそれを眺めていると、丈太郎が立ち上がった。

銀平も立ち上がり、小さく頭を下げた。

「ありがとうございやした」

「いくらです？」

「お代は結構ですよ」

「そういうわけにはいかねえ」

丈太郎は強く言った。

「そうですか。では十文で」

丈太郎は紙入れを出して、十文の銭を銀平に渡した。

「ありがとうございます」

だが、丈太郎には立ち去る気配がない。またおかしな沈黙が訪れる。そのうちに丈太郎が大きく息を吐いた。

「では、廿日の日の出前にお迎えにあがります。それと、これは仕度金ということで親分から預かって参りやした」

丈太郎は小粒の紙包みを上がり框に置いた。銀平は包みを見つめた。親分からと言ったが嘘だと感じた。あの丑吉にそんな気の利いたまねはできない。きっと丈太郎が詫びも兼ねて用意したのだろう。

「それはお心遣い恐れ入ります……あの、ひとつお訊きしたいのですが」

「何でございましょう」

「あっしが八州博奕の席に着きましたのは、なにぶん三十年も前のことでございます。その間、作法は変わっておりませんでしょうか」

「……ほぼ変わっていねえとは思いますが、ただ今は、銭を直に賭場に置いてのやり取りはやらず、五両を一枚とした駒札をやり取りしておりやす」

「駒札……」

「へえ、前回の八州博奕にもそれが使われておりやした。駒札と申しますのは、切餅に見立ててつくった木の札でございやす」

「お前さん、前回の賭場に出なすったので？」

「へえ、あっしは丑吉親分の付き添いで参りやした」

「そうだったんですかい……でもそんなこと丑吉親分はちっとも」

と言いかけてやめた。

きっと大負けしたのだろう。それが恥ずかしくて言えないのだ。

銀平の気持ちを察してか、丈太郎は微笑んだ。

「では、なにとぞよろしくお願いいたしやす」

丈太郎は頭を下げて出て行った。

障子戸から目の覚めるような冷気が流れ込んで、銀平の顔を洗った。彼はもう一度、日取りを反芻した。血がたぎり、胸が高鳴る。

いけねえ、鉄火になるにはまだ早えと深く息をひとつして、空の鉢を片づけようとする。

ふとその手が止まった。師走の廿日といえば父親の命日だと気づいたのだ。どこからか父親が見守ってくれているのかもしれないとも思う。銀平はさらに力を得た気がして、その興奮のままに鉢を片づけ、台所に向かった。


清太が帰って来たのは夕方近くだった。冬のこの時期、陽の落ちるのは早く、外はもう暗くなり始めている。清太は蕎麦粉と大豆粉の入った頭陀袋(ずだぶくろ)を提げ、遠くまで行ったのか少し息が切れている。

「相変わらず表は寒いね。今に雪が降るよ」

「そうですかい。白湯でも飲みますかい」

「じゃあもらおうかな」

清太が帰るまでに三人の客があった。まだ竈の火が残っていて、湯はすぐに沸いた。

「午すぎに丑吉一家の丈太郎さんが、日取りが廿日に決まったと伝えに来てくれましたよ」

湯呑みに湯を入れながら銀平は言った。

「えっ、そうなのかい……廿日ってことは五日後じゃあねえか。何だってもっと早く伝えてくれねえんだ」

「博奕は御法度ですよ。しかもでかい賭場ともなれば、バレないようにギリギリまで日取りを明かさねえのは当たり前です」

「なるほどな。でもまあ、いつになろうがおれたちにはどうしようもねえがな」

銀平は湯呑みを清太に手渡した。清太は二度三度と白い息を吹きかけ、白湯を一口飲むと、何か思い出したように湯呑みを置いた。

「銀さんにいいもの買って来てやったぜ」

そう言って清太は懐から茶色の浅草紙の包みを取り出した。

「何ですかそれは」

「薬喰い(くすりぐ)だよ。山くじらだ。これを食えば精がつくぜ」

「そんなもの……猪肉なんぞあっしが食えるわけねえでしょう。茶碗半分の粥でもやっとこさなのに」

「だめだ。とにかく食うんだよ」

「そんなことしなくったって、八州博奕の日まではもつでしょうよ」

銀平が言ったとたんに清太は目の色を変えて立ち上がった。

「じゃあ何か？　おれがこんなことするのは八州博奕のためだと思ってるのか？　いいか。おれはな、銀さんに長生きして欲しいからやってるんだ。見損なうなってんだ」

包みを振りかざして目の色を変えて言う清太に、銀平は辟易した。気持ちはありがたいが、八州博奕のその日までは静かに過ごしたかった。

「わかったよ。すまなかったね。では、ありがたくちょうだいしますよ」

銀平は清太から包みを両手で受け取り、頭を下げるとそれを懐に入れた。清太は怒りのやり場を失ったように、上がり框に腰を落とした。

「おれはよ、小桜を身請けしてからも、この店で銀さんと一緒に、真っ当に働こうと思ってるんだぜ」

そっぽ向いて言う清太の声が慄えている。本気だと感じて、銀平は少し申し訳ない気持ちになった。吉原の花魁が、日に何十文のあがりしかない、しがない蕎麦屋の稼ぎで満足するはずもないだろうが、清太の気持ちが素直に嬉しかった。それにしても、この男は思いついたらすぐに動くし、その気の短さは魚河岸で働く連中のようだとも思った。

「しかし清太さんは気をつけたほうがいいね」

「何が」

「いつも気が急いているでしょう？　そういうのは博奕には一番向いていないんですよ」

「ふん、言われなくったってわかってるよ。だから負けてんだろ。でも今度の博奕はおれじゃあなくて銀さんがやるんだ。関係ねえや」

「そうとも限りませんよ。人の気持ちはうつると言いますからね」

「わかったわかった……ん？」

と清太は言って障子戸に目を留め、動かなくなった。

つられて見ると、障子に子どもらしい背の低い影が映っていた。その輪郭はあのハナにちがいなかった。

「おハナちゃんかい」

銀平が戸を開けるとやはりハナが立っている。洟水(はなみず)を垂らして薄汚さがいっそう増し、その両手で空の鉢を抱えていた。

「いらっしゃい」

銀平は微笑んだ。

「寒かったろう。中にお入り」

ハナを中に入れて戸を閉めた。

ハナの鼻や頬が赤くなり、身が冷え切っているのがわかる。小さな口と鼻から間断なく、白い息が漏れていた。

「お父っつぁん、じゃなかった。おじさんの具合はまだ悪いのかい」

ハナは清太の目を気にしながらうなずいた。裸足の足をしきりに動かしている。凍てついた道を歩いて来て痛むのだろう。足の甲が霜焼けで赤黒く膨らんでいた。

「さ、上がって火鉢にあたればいい」

だがハナは戸口のところで立ったまま動かない。黒く汚れた顔の中でその小さな目が鋭く光り、頑なに動かないといった気を放っている。

銀平は苦笑し、鉢を受け取った。するとハナが握り締めていた手を開いて見せた。掌の上に一文銭が一枚のっている。

「銭ならいいって言っただろう？」

「受け取ってやりなよ」

清太が口を挟んだ。

「そのほうが気持ちが楽になるってもんだ」

そういうものかと思い、銀平は「じゃあもらっとくよ」と一文銭を取ると台所へと行き、蕎麦をつくった。その間もハナは戸口でじっとして動かなかった。清太は笑顔でハナに手招きをして板間に上がり、火鉢の傍に座って火箸で埋み火を熾している。だがやはりハナは動かな侠い。

銀平は蕎麦を鉢に入れて匙を添え、それを持ってハナにそっと渡した。

この寒さだと蕎麦はすぐに冷めてしまうだろう。冷たくなった蕎麦を食べる二人の姿を思い浮かべ、胸が詰まった。彼は懐から猪肉の包みを取り出し、ハナの懐に押し込んだ。袋は半分ほど懐から顔をのぞかせている。

「これは薬だ。煮るか焼くかしてね、おじさんに食べさせておあげ」

ハナは鉢を持ったまま、戸惑った顔で銀平を見た。

「何言ってんだい。それは銀さんのためにおれが買って来てやったんじゃあねえか」

清太が声をあげた。

「勝負ごとの前には功徳を施せばツキがまわってくるって知らねえんですかい？　あっしはこうやって験を担いで勝ってきたんでさあ」

銀平が凄んで言う。

嘘をついた。そんな験など、一度も担いだことはなかった。

清太は気圧されて黙り込む。銀平は障子戸を開け、ハナの背をそっと押して表に出た。

「落っことすんじゃあないよ」

小雪がちらついている。あたりは夜になりつつあった。凍える寒さが身に沁みる。銀平は腰の手拭いでハナの垂らした洟水を拭いてやり、送り出した。ハナは小股だが、素早く足を動かして歩いて行く。そのうち立ち止まった。痛むのだろう、もぞもぞとしきりに足を動かしていた。その姿を見ながらたまらない気持ちになり、銀平は小走りに駆け出した。

　ハナの傍に行くと下駄を脱ぎ、履かせてやった。そして赤く膨らんだ冷たい足の甲をさすってやりながら、

「転ぶんじゃあねえぞ。急いだってろくなことはねえんだ」

　と言い、さっき受け取った一文銭を懐に挟んで返してやった。

　ハナは目を見開いて銀平を見つめていたが、小さくうなずいてまた歩き出した。今度は慎重な足運びで、小雪が舞う中を進んで行く。

　銀平はハナの姿が薄闇に紛れるまで見送っていたが、いきなり殴られたみたいな強烈な痛みが腹から突き上げてくる。彼は立っていられずその場にうずくまった。

　気配がして向こうを見ると、白い痩せた犬が闇に浮かび上がり、地面に鼻を這わせながら歩いている。地獄からの使者を見るようであった。

　犬の荒い鼻息を聞きながら、死が恐ろしいとはっきり感じる。

　痛みに耐えながら、まだ死ぬわけにはいかないと思った。

　だがその時、

　――どんな功徳をしようが、おめえの罪は消えねえんだ。

　という声がどこからか響いてきた。

尾を下げた白い犬の尻が見えなくなると、沈黙の闇の底にたったひとり、閉じ込められた気分になった。逃れようもないと感じ、もう抗うことなく彼はそれを受け入れた。

提灯の火影が二つばかり見え、男の楽しげな話し声が聞こえてきた。厄介にはなりたくないと思い、足に力を入れ、踏ん張って立ち上がる。清太に気遣われるのも嫌だった。凍てついた土を踏んだ足は冷たさに感覚を失い、痺れる。

博奕だ博奕だ、今は博奕のことだけに集中するんだと自分に言い聞かせた。雪の白さを目に感じながら、銀平は店に向かって歩き出した。


丈太郎は夜明け前にやって来た。

清太が障子戸を開けると、三度笠を被り、手甲脚絆(てっこうきゃはん)に振り分けを肩にかけて立っている。その時はすでに銀平や清太も同じ出立(いでたち)をして彼が訪れるのを待っていた。丈太郎は目顔で挨拶をしただけで無言だった。無駄口をたたくことが八州博奕への妨げになるといったふうにもとれる。銀平も目顔で返し、丈太郎に続いて暗い往来を歩き始めた。その歩みは銀平を気遣うようにゆったりとしていた。

丈太郎は真っ直ぐに両国橋方面には向かわず、一ツ目之橋を渡った。予め決めていたのだろう。八州博奕の賭場に行くには、表街道を通るのは御法度とされていた。少しでもひと目を忍んで賭場に行き着くのが慣例であった。長い間旅などしていない銀平は賭場まで行き着けるかどうか不安だったが、どうあっても行くしかないと考えて歩を進めた。

三人は裏街道どころか獣道と呼んでもおかしくないような頼りない、細い山道を歩き続けた。草鞋を履いたその足は、枯れ葉の地面を踏み締めて音を立てた。周りの木々の葉はくすんで色艶を失い、冷たく乾き切った空気の中で群れている。真冬にしては暖かな陽射しが救いだった。木々を透かして三人を照らし続ける。

江戸を出てからすでにふた刻以上が経っていた。思った通り、腹も足も痛んでくる。銀平は賭場までたどり着けるかどうか不安になってきた。

やがて三人は沢に出た。岩だらけの川岸で、陽光を白く照り返している。間断なく水の流れの音が聞こえていた。

丈太郎は足を止めて銀平を見た。

「ここで飯にしやしょうか」

そう言って丈太郎は岩に腰かけ、振り分けを開けて握り飯の竹皮包みを三つ取り出すと前に置いた。銀平と清太も適当な岩を見つけて座り、それぞれ包みを取った。食欲はなかったが、腹ごしらえをしておかないともたないのが博奕だと銀平はわかっていた。包みを開くと眩いような銀シャリの白い握り飯が二つ並び、たくあんが二切れ添えてある。頬張るとほどよい塩加減で、銀平でも一つだけだが無理なく食べられた。清太はよほど腹が減っていたのか、野良犬のように貪り食べている。銀平は一つを清太に分け与えた。

「ごちそうさま。美味しい握り飯でしたよ」

食べ終えた銀平は、水筒の水を飲んで丈太郎に言った。

「いえ、お粗末さまでございやす」

「この握り飯は、丈太郎さんがつくったんですかい？」

清太が訊いた。

丈太郎は笑った。

「女房がこしらえたんですよ。あっしは満足に飯も炊けませんや」

「……女房か」

そう言って清太は食べかけの握り飯を沁み沁みと眺めた。小桜を想っているのだろう。その様子に、銀平は必ず勝つという気持ちを新たにした。

「さて、行きましょうか」

皆が食べ終えてひと息ついた後、丈太郎は言って立ち上がった。

ところが銀平は足腰の痛みがひどく、腹も痛んですぐに立てそうにもない。その時、丈太郎が振り分けを首に掛けると、銀平の前でしゃがんだ。

「伯父貴には失礼かと存じますが、よろしければ、どうぞこの汚ねえ背中を使ってやってくだせえ」

銀平はその大きな背中を見ながら戸惑った。賭場まではまだ二里はゆうにあるだろう。

「銀さん、年寄りは若い者の言うことを聞くもんだぜ。丈太郎さんに恥をかかせちゃあいけねえよ」

　清太が笑って言う。

「そうですかい。じゃあすみませんが世話になりますよ」

　銀平は丈太郎の背中に乗った。

　丈太郎は軽々と銀平を持ち上げると、苦もない様子で歩き出した。痩せた体に背中の温もりが伝わってくる。丈太郎と出会った当初は、今にも人を殺しそうな面構えで警戒したものだった。だがこうしてつき合ってみると、自分よりも相手を思いやる、近頃珍しい昔気質の男だった。

（この男ならよもや博奕で勝った銭を奪うこともねえだろうよ）

　冷えた風の中に濃い草の匂いを嗅ぐと、彼の脳裏に飢饉で村から欠け落ちし、江戸へと向かう道中の強烈な記憶が甦った。今日は五助の命日だった。おれは今、お父っつぁんに背負われている、と思った。

　その安心感と揺られて進む心地よさに、眠るまいと思いつつ、疲れもあったのだろう、いつしか銀平は眠ってしまっていた。次に起きた時は夕暮れ時で、賭場近くの森の中まで来ていた。

　清太の話では途中、田圃（たんぼ）の畦畔（けいはん）で休んだが、草むらに寝かされた銀平は起きずに眠り続けていたという。一瞬死んでしまったのではないかと思い、慌てて手を翳(かざ)して息を確かめたほどだ、と清太は笑い混じりに話した。

突然開けた場所に出た。

にわかでつくった賭場の入り口だった。八州博奕は地元の杣人(そまびと)が木を伐採して森を切り開き、そこで一晩だけ、夜通し行われるのが慣例だった。

原木で組んだ鳥居のような関門が立てられており、その下には長脇差を挿し、尻端折り(しりはしょり)姿の若い衆が十人以上もいて、訪れて来る客たちを丁重に出迎えている。客は他の一家の者たちだけでなく、商人、庄屋など様々で、銀平たちが到着した夕闇迫る頃には、あたりはごった返していた。

ここに来るまでは馬も駕籠も使ってはならず、女も同道してはならない。長旅の疲れもあるだろうが、大勝負に挑むとあってかみな緊張の面持ちで顔を上気させ、言葉も交わさず、白い息を吐いていた。その光景を眺めながら、銀平は三十年前の八州博奕を思い起こし、変わっていないことに安堵した。

「恐れ入りやすが、手札をお願い申し上げます」

銀平たちが関門に近づいて行くと、若い衆の一人が来て、腰を屈めて言った。

「お出迎えご苦労さまでございやす」

と言って丈太郎は懐から紙入れを取り出し、その中から折り畳んだ紙切れを差し出した。

「お確かめを」

「へい。ではごめんなすって」

若い衆は紙を広げて確かめる。それは八州博奕への出入りを認めるという鑑札だった。

「確かに。丑吉一家のお客人お三方でよろしゅうござんすか」

若い衆は紙を丁寧に畳んで懐にしまった。

「よろしゅうお頼み申し上げます」

「では刃物がございましたらお預かりいたしやす」

丈太郎は懐に手を入れて後ろにまわし、匕首を出して若い衆に渡した。長脇差や匕首など、刃物はすべてここで一旦没収されることになっている。これも従来の作法通りだと銀平は安心した。町場の下等な賭場だと、負けがこんだ輩（やから）が匕首や包丁を振り回して暴れるのは珍しくもなかった。

「失礼ながら、席に着かれるのはお一人だけとなっておりやす。その方につきましては、ご酒は遠慮願います」

「承知いたしやした」

「ではごゆっくりお遊びくださいまし」

若い衆は深く頭を下げると、素早く関門奥を見返り、

「丑吉一家お三方、お通り！」

と叫んだ。

三人は関門を潜ってこの日のために造られた道を歩いた。沿道にも点々と長脇差を挿した若い衆らが立っており、その前を通りかかると「ずっと奥へどうぞ」と頭を下げた。清太はあまりの物々しさに驚いてか、そわそわしている。

「伯父貴、いかがでしょう。三十年前と変わっておりやすか」

歩きながら丈太郎が小声で訊いてくる。

「いや、ちっとも変わっちゃあいませんよ」

「そいつあよかった」

そのやりとりを聞いて、清太は落ち着きを取り戻したみたいに微笑んだ。いつしか腹の痛みも消え、疲れもほとんど感じなくなっている。運気が高まり、何かよいほうへと向かっている気がして、銀平の口もとも自然と緩む。

道の先には広場があった。切り出した木を使った、にわか普請の板葺き（いたぶ）の小屋が四つ五つ建っている。貸し元や招待された八州でも名のある親分たちはその中で休むのだった。

広場には真新しい筵（むしろ）が敷き詰められ、周囲にはいくつもの高張提灯（たかはり）が立っていた。その真ん中に賭場があったが、簡易な板葺き屋根がつけられただけの野天だった。一段高くして張られた床板の上に、十枚の青畳が二枚ひと組にして横長に並べられている。その畳を挟んで両側に二十枚ほどの座布団が置かれ、そこに客が座るのだった。

賭場の周囲の四隅には竹が立てられ、縄を結えていくつもの白地の小提灯がぶら下げられている。各所に篝火も焚かれ、冷気を和らげていた。野天に賭場をつくるのは、役人たちに踏み込まれた際、一斉に四方八方に逃げ散るためであった。

若い衆が提灯に火を灯し始めている。薄闇の中に浮かんでゆく灯りを眺めながら、血が沸き立つ感覚を覚える。体内に残る博奕打ちの血が失われることはないのだと、銀平ははっきりと感じる。

広場の出入口には大きな床机が置かれ、貸し元の長次郎一家の子分であろう羽織を着た中年の男が二人座っていた。若い衆とちがって目つきが鋭い。丈太郎が教えてくれたように、そこで五両につき一枚の駒札を受け取り、賭場の席ではその駒札でやり取りをするのだった。

丈太郎は「江戸は本所、丑吉一家でございやす」と名乗り、懐から紫色の袱紗包みを取り出し、二人の前で開いた。白い紙に包まれた切餅が二つあらわれる。

「お確かめください」

男の一人が黙礼し、それを割って一分銀の数を確かめる。そして十枚の駒札を差し出した。

駒札は掌に収まるほどの薄い板でできており、朱の漆塗りという立派なもので、中央には大きく墨字で〝長〟の字が入っている。丈太郎はその駒札を袱紗に包んで懐へと入れた。

「本日は日の出までの場となっております。ご承知おきください」

何の感情も交えず、もう一人の男が言い、切餅を銭箱に納めた。すでに銭箱が五つほど積まれている。今晩は一万両以上の銭が動くだろうと銀平は思った。

だがそんな銭には興味はない。とにかく七百両の銭さえ得ればいい。

「ではここよりは新しい草鞋に履き替えなすっておくんなさい」

若い衆が水を入れた洗い桶を三つ重ねて持って来て言った。これも作法通りだった。

「承知しました」

丈太郎は予め用意していた真新しい草鞋を振り分けから取り出した。三人は床机の端に座り、草鞋と足袋を脱ぎ、足を洗った。水が刺すように冷たい。銀平は目が覚めるようでありがたいと思った。

「おお、つめてえや。しかし、八州博奕ってえいうのは面倒臭いもんだな」

濡れた足を手拭いで拭きながら清太が言う。丈太郎が清太に鋭い視線を送った。

「清太さん、ここは町場の賭場じゃあねえんだ。こうして貸し元が礼を尽くしてくださってるんだ。軽々しい口をきくもんじゃあねえぜ」

清太は不満げに口を噤んだ。

丈太郎というのはやっぱりなかなかよくできた男だと、銀平は草鞋を履き替えながら感心した。傍にこういう男がついているのとそうでないのでは、気分的にずいぶんとちがう。

それから三人は筵の広場に入り、一画に座ると賭場を見守った。

三人とも口をきかなかった。清太は何か言いたそうにしていたが、丈太郎に戒められてからは意識して黙っているようにも見えた。

銀平はまだ誰も席についていない青畳の敷かれた賭場を見ながら、何も感じず、何も思わなかった。博奕が始まるまでは無のままでいるというのが、彼の流儀であった。続々と客たちが入って来て周囲はざわめきに満ち、時おり和やかな笑い声すらあがった。だが彼はまるでこの世にたったひとり生き残った人間のように、空の賭場に集中している。

そのうち完全に夜になった。高張提灯と篝火の明るさで、蠢く人々の顔が闇夜に浮かび上がる。どの顔も高揚して見え、次第にざわめきも小さくなっていった。

半纏姿の小太りの男がどこからかあらわれ、首から提げた拍子木を三つゆっくりと打ち鳴らし、

「ご開帳でござーい」

と高らかに一声をあげた。

一瞬ざわめきも止んであたりが静まり返った後、客たちが賭場の周囲に集まり始める。そして半纏姿が差し出した紙縒りの束から一本ずつ引いていった。その紙縒りには数が書いてあり、壱番を引いた者から順に、好きな席を選んで座れた。座れない者も出て来るが、そうなれば負けた客の後の、二番席と呼ばれる席に着くしかなかった。

ところが銀平は紙縒りを引きに行くこともなく、あぐらをかいたままで動こうともしない。

「おい銀さん、何やってんだよ。席が埋まっちまったじゃあねえか」

清太が立ち上がり、地団駄を踏んで言った。丈太郎も立って賭場の様子をうかがいながら、銀平を不思議そうに見る。

「伯父貴、いいんですかい。あっしが代わりに引いて来ましょうか」

「いいんですよ。まあ二人とも座って待っていなせえ」

二人は仕方なさそうに腰を下ろした。これも銀平のいつものやり方だった。

客たちが揃(そろ)うと、壺皿を振る振方の男と後見の男二人が来て、下座に着いた。寒いというのにいずれも諸肌を脱いで、腹に眩いばかりの真っ白い晒しを巻いた格好である。二人の色鮮やかな刺青(いれずみ)が提灯の灯りに照らされていた。

銀平は畳を見つめる。灯りを照り返すその表面は真っ平らで少しの歪みもない。彼は一度大きく息を吐いた。

やがて振方は無表情で張り客たちに礼の口上を述べ、一寸角もある賽を振って丁半の博奕を始めた。

「さあ、張りなせえ張りなせえ」

後見の男が声をあげる。その声は威勢がいいわけでもなく、かと言って小さくもない。よく通る、感情のない声だった。

畳に駒札を張る小気味いい音が聞こえる。客たちの前にはそれぞれ畳に墨で縦線が引かれ、右に札を張ると丁目に賭けたことになり、左だと半目に賭けたことになるのだった。

「では勝負」

壺皿が上がって客たちはわずかに前のめりになり、息を呑んで覗き込む。賽の目を確かめ、張り詰めた空気が解ける。後見の男らが素早く札のやりとりをする。この繰り返しだった。町場の品のない賭場とはちがい、ここでは怒りも喜びも極限にまで押し殺される。

いつしか銀平は賭場を見ないで耳を傾けて音だけを聴いていた。こうしていると彼にははっきりと、〝ここだ〟という、席に着く時が直感でわかった。そうやってその時を静かに待っているのだった。

夜が深まり、底冷えのする凍てついた空気が忍び寄って来た。付き添い人たちの間には熾った炭の入った火鉢が置かれ、手炙りなどして彼らは身を暖める。その間に幾つかの屋台があらわれ、饂飩（うどん）や煮物、燗酒（かんざけ）を売ってまわった。清太や丈太郎はそれを頼んで飲み食いしたが、銀平は食い物を勧められても断った。勝負が終わるまでは何も飲み食いしないというのが彼のやり方だった。

博奕が始まって一刻ほど経った頃、銀平は〝ここだ〟とはっきり感じた。

「丈太郎さん、駒札をお願いできますかい」

「へい」

丈太郎は袱紗包みを取り出し、

「どうか一つ、お願いいたしやす」

と慇懃に銀平に手渡した。銭でもないのに重く感じ、わずかに手が沈む。

銀平は立ち上がった。つられて清太と丈太郎も腰を上げたが、

「お二人はここで待っていてくだせえ」

と制し、賭場に向かう。

別に具体的に何かが起きたから〝ここだ〟と感じるわけではない。ただの直感にすぎなかった。三十年ぶりであっても、その直感が鈍っていないことに自信を持った。

銀平が賭場に近づくと、負けがこんだのであろう端に座る庄屋風体の客が、渋い表情で席を空けた。

いつもそうだった。銀平が賭場に近づくと、不思議なことに負けがこんだ客が席を空ける。験が悪いとして、しばらくは誰もそこには座らない。だが彼は進んでそこに座った。

席に着くと銀平は何も感じない。寒さも、見物する者たちの囁きも、風に擦れる枝葉の音も、野鳥の声も、彼の意識の中に入り込んでくることはなかった。自分の吐く白い息すら視界には入らない。客たちの吸う煙管の煙が薄ら漂い、匂いもするはずだが、息を止めたみたいに彼は何も嗅がない。

振方を見つめる。振方が指に挟む二つの賽を見逃すまいと全神経を研ぎすませた。振方の手首まで入った九紋龍の刺青も、後見の両胸にまでかかった風神雷神の刺青も見てはいない。三十年前そのものの、当時のままに血が沸き立ち、骨が鳴る。腹の痛みもまったく感じない。

振方の視線が居並ぶ左右の客たちをとらえる。その目にはやはり何の感情も感じられない。賽が壺皿に入れられ、弧を描いて素早く畳に伏せられた。

「さあ張りなせえ、張りなせえ」

後見の男らが声をかける。

他の客とはちがい、銀平はすぐには動かない。ぎりぎりまで壺皿を見つめている。そのうち壺皿がぼんやりとした輪郭になる。そこで初めて彼は目を見極め、袱紗を開くと十枚の駒札全部を手に取り、すべて丁目に置いた。駒札は多くてもせいぜい四、五枚を張るのが常道であったので、隣に座る商人と思しき客が驚きの眼差しでその札を見て、それから銀平の顔を見る。

「では勝負」

後見の男が言う。

壺皿が上がった。

「四六の丁！」

銀平は勝った。賽はやや黄色がかっていて、四つと六つ、目の黒く丸い凹みが提灯の火影に浮かんでいる。

手もとには若い衆の手で二十枚の駒札が置かれる。軽いどよめきが起き、彼らの口から出た白い息が一瞬長く伸びて消える。彼にしてみれば当然の結果であり、何も思わない。すでに次の勝負へと気持ちを切り替えている。この感覚も三十年前とまったく同じだった。

銀平の張り方は決まっていた。いけると感じれば戻って来た全部の銭を賭け、倍々に増やしてゆく。気持ちの迷いもぶれもない。そのためにいらぬ感情を捨てると言ってもよかった。

次の賽が壺皿に入り、畳に伏せられる。

壺皿の中で二つの賽が当たる音を、銀平ははっきりと聞き分ける。彼は迷いなく二十枚の駒札を丁に置いた。他の客の中にはそれを見てから丁に賭ける者もあり、逆に半に賭ける者もある。

「では勝負」

壺皿が上がると二六の丁であった。先ほどよりもずっと大きなどよめきが起きる。二十枚の駒札は四十枚となって置かれ、これで五十両が二百両となった。それでも銀平は一つも表情を変えない。付き添いや負けて降りた客、次に控える客たちが賭場の周囲に犇(ひし)めき合い、老いて枯れたこの男のどこにそんな度胸とツキがあるのかと、興味津々の面持ちで見守っていた。その中には清太と丈太郎の顔もある。二人とも固い表情で息を詰めるようにしていた。

当然のことだが、銀平は次の勝負も四十枚全部の駒札を張るつもりだった。

ところがその時、向かいに座る恰幅(かっぷく)のいい親分が手を上げた。

「賽替えをお頼み申す」

向かいの男が血走った目を銀平に向けている。頰がたるんで脂ぎっていた。銀平はその視線を感じながらも、平然と駒札に目を落としている。

内心は穏やかではなかった。賽替えとは、八州博奕を持ち回りで仕切る、貸し元の親分たちだけに与えられる特権であった。負けがこんでくると、一度だけ賽を取り替えることができたのだった。だがその親分の前には駒札は十分にあり、大負けしているようには見えない。

割り込みだと銀平は思った。割り込みとは、大きく勝っている客に水をさす、勝ちの流れを変える、言わば単なる妬みからくる嫌がらせのようなものであった。町場の賭場では何度か経験がある。やたらと音を立てたり喚いたり、急病のふりをしたり、煙草の烟（けむり）を吐き散らすのもそうだった。何より賽の音が微妙に変わってきてしまう。ふつうであれば後見が窘（たしな）めるものだが、今回は特権である以上は拒めない。

「賽替え賜りました」

後見が言い、今使っている賽を持って席を外した。

張り詰めていた空気が一気に解け、ざわめきが始まる。銀平はその声も音も聞かなかった。目を伏せ、自分の前に積み上げられた駒札を静かに見ている。

ところが背後で清太と丈太郎が話す声が耳に入ってきた。

「丈太郎さんよ、こんな賭け方があるのかよ。おれは一度だってこんな無茶は見たことねえぜ」

「ダメだ清太さん。伯父貴の勝負勘に障るといけねえ」

「わかったよ、わかったから放してくれよ。おとなしく見てるから」

雑念が入り込み、銀平は瞑目した。二人の声は小さかったが、知った声は嫌でも際立つ。

これではいけねえと息を深く吸い込み、吐いた。だが、じくじくとした腹痛も始まった。舫が外れて流れゆく船の如く、ツキが離れてゆく感覚がある。それでも勝負を続けるしかなかった。いや、もう何も考えるまいと決めた。

彼は目を開け、再び駒札に目をやった。そして無の心にすべてを託した。

後見が新たな賽を持って戻って来た。

賽を振方に渡すと、

「では始めさせていただきます」

と言い、居住まいを正した。

ざわめきが瞬時にやむ。静寂が訪れると、銀平は呼吸を整え、感覚を研ぎ澄ました。

振方が賽を壺皿に入れ、弧を描いて畳に伏せる。

鈍い音がして、壺皿が止まった。

賽の音が明らかにちがって聞こえる。

「さあ張りなせえ張りなせえ」

銀平はいち早く四十枚の駒札をすべて三たび丁に置いた。迷えばそれだけ不利になる。丁に賭けたのは単なる直感にすぎなかった。どよめきは囁きとなり、やがて静まる。今度は半に駒札を張る者が多かった。

駒札が出揃い、後見が口を開く。

「では勝負」

振方が壺皿を上げる。

「四四の丁！」

大きな驚きの声があがる。振方の肌に鳥肌が立つのが銀平にははっきりと見えた。八十枚の駒札が銀平の前に置かれる。箱状にきっちりと並べて積まれた八十枚の駒札は壮観ですらあった。その表面に提灯の灯りが照り返し、朱の色が輝いている。

これで五十両が四百両もの銭となったが、銀平の意識は最後の勝負に向けられていた。あと一度勝てば八百両となり、半分の銭で念願の身請けができる、などとは全然考えない。欲を出せば負けにつながる。周囲の何十人もの目はすべて銀平の手もとに注がれている。このままの流れでいこうと、それればかり繰り返し考える。

「見ちゃいられねえ！」

突然清太の声があがった。流れが断ち切られた。

「もう我慢ならねえや」

「いけねえ清太さん、戻るんだ」

「次負けたらどうすんだよ。いっぺんに賭けるのをやめさせねえと」

それまでどうにかこうにか積み重ね、磨いてきた勝負勘が削がれ、土台から崩壊する感覚だった。

銀平はどうにも集中することができなくなった。

「申し訳ございません。一度飛ばさせていただきます」

そう言って銀平は席を立ち、賭場を離れて歩き出した。丈太郎と清太もついて来ながら、

「銀さん、何もあんな張り方をするこたあねえじゃあねえか」

「やめなせえ。伯父貴は伯父貴の考えがあるんだ。口を出しちゃあならねえ」

と言い合っている。

高張提灯の灯りが届かないところまで来ると、銀平は足を止めた。

深閑としていた。微かに地虫の声だけが聞こえている。

「なあ銀さん――」

話しかける清太の顔を、銀平はいきなり張り飛ばした。乾いた音が木々の間に響き渡る。頬を押さえ、驚きの目で清太は銀平を見返した。人が変わったように銀平の表情が険しくなっている。それは明らかに堅気のものではなく、清太は思わず顔を背けた。銀平は何も言わずに清太を見つめた。何か言葉を発すればツキが丸ごと脱落しそうに感じる。

「次の勝負で負けたらあんたのせいだぜ。伯父貴の命もないし、あんたの望みも叶わない。それでもいいのかい」

と丈太郎が静かに言った。

暗がりの中で清太の目が怯えに歪む。

「伯父貴、申し訳ありません。ここはあっしにまかせて席に戻ってくだせえ」

銀平は目顔でうなずき、賭場に戻って行った。

席に着くとちょうどひと勝負終わったところだった。

銀平は再び壺皿に集中しようとした。だが、いったん途切れた緊張がなかなか戻らない。焦りが生まれ、その感情が身の内で増幅してゆくような感覚を覚えた。深く息を吸い、吐いて気持ちを落ち着かせようとしたがままならない。

そうこうするうちに賽が壺皿に投じられ、畳に伏せられた。

「さあ張りなせえ張りなせえ」

後見は表情は変えないものの、いつしか首筋から肩、胸にかけて玉のような汗を浮かばせ、動くとそれが流れ落ち、刺青の赤や紺の色を際立たせた。

次々に札が賭けられてゆく。その様を眺めながら、銀平の中で四百両ではなく、百両に減じて賭けようかという迷いが生まれる。だが迷いが生まれた時は負けるのが常であった。そして一旦負け出すと、坂道を転がり落ちるように銭が尽きるまで負け続けるのだ。

腹痛もひどくなっている。銀平の顔に脂汗が浮かぶ。

肚をくくるしかないと彼は思った。おれはいずれ近いうちに死ぬ。そんな奴が最後にみっともない博奕をしてどうする。

風はなかった。客や見物人たちが吸う煙草の煙が賭場全体に漂い、銀平は体が宙に浮いて、天上にいるような不思議な感覚を覚える。こんなことは初めてだった。それが吉と出るか凶と出るかと、つい考えてしまう。

雑念だらけの己に絶望しかかったが、彼は残された力を振り絞り、丁に八十枚の駒札すべてを賭けた。もう周囲からどよめきもため息も起きない。ただ皆、勝負の行く末を見守るだけであった。痛みと動揺で壺皿が霞(かす)んで見える。お父っつぁん力を貸してくれと、天を仰いで目を閉じ、思わず祈った。

「では勝負」

いちだんと気合の入った後見の声が響く。

壺皿が上げられた瞬間、振方の汗粒が飛んで光った。銀平は気を失いそうになり、両隣の客に支えられた。

「ピンぞろだ」

と誰かが小さく叫んだ。

沈黙の間があってから、大きな歓声があがった。そこへ清太が飛び込んで来て、銀平に抱きついた。

清太は泣いていた。その涙が銀平の首筋を濡らした。銀平は倒れないようにと、必死にこらえるのが精一杯で何も感じない。丈太郎が来て、「さすがは伯父貴だ。てえしたもんだ」と興三人が喜び合っているところへ、長次郎一家の子分らが三、四人やって来た。

「本日は誠におめでとうござんす。本日の盆を仕切る長次郎一家の小頭でございやす。五百両以上の銭の引き換えは手前どもの親分直々にさせていただくのを決まりとしております。駒札はあっしらでお持ちいたしますので、お疲れのところ申し訳ございませんが、どうぞこちらまでお足を運んでやってくださいまし」

そう言って小頭と名乗った男は歩き出した。銀平は疲れ切っていたが、貸し元の親分が直接銭を渡してくれるとあっては行くしかない。八州博奕は町場の賭場とはちがい、大きく勝って逃げるのが醍醐味であった。町場ならなんだかんだと難癖をつけて勝負を続けさせようとする。だが八州博奕では御法度だった。それを知っている銀平に不安はなかった。

彼は両脇を清太と丈太郎に支えられ、子分たちの後を覚束ない足取りでよたよたとついて行った。

連れて行かれた先は、にわか普請の小屋の中だった。十畳ほどの青畳が敷かれ、真ん中には長火鉢を前にして紺地の綿入れを羽織った長次郎があぐらをかいて座り、周囲には小頭や五、六人の子分たちが正座をして控えている。長次郎の左右には蠟燭が灯され、彼の周囲を明るく照らしていた。

長次郎は徳利を傾け、茶碗で酒を飲んでいる。半白髪で柄が大きく、とりわけ大きな鼻と、八手（やつで）の葉のような大きな手が印象的だった。くだけた感じの中にもどこか品を感じさせる。銀平は長次郎の前で正座をし、清太と丈太郎はその後ろに座った。

入って来た時に酒を勧められたが、「不調法なもので」と銀平は断った。長次郎は不快な顔ひとつせず、酒の無理強いもしなかった。子分に言いつけてお茶を出させ、独酌で淡々と飲んでいた。

あらためて丈太郎が挨拶をして名乗り、丑吉一家の身内は自分だけで、銀平と清太は堅気だと言い添えた。それを聞いた長次郎はわずかに目を見開き、品定めをするように銀平を見つめた。銀平は視線を交えることは失礼だと、畳に目を落としていた。

やがて若い衆が盆に載せた切餅を運んで来て、銀平の前に置いた。三十二個もあるまっさらな切餅が積み上げられた様は眩く、壮観ですらあり、銀平は思わず見入ってしまう。後ろで清太の息を呑む音が聞こえた。三十年前も五百両の銭を受け取ったが、今の興奮はその比ではなかった。

「いえね、失礼ながらご老人が七百五十両もの銭を稼いだと聞いて、てっきり一家を率いる親分さんだと思っていたんだが、堅気衆だったとは驚きだ」

と言って長次郎は笑う。声は低く、太かった。

「いったいどこでそんな腕を身につけなさった」

「へ。若い時分に少し嗜んでおったくらいで、今日はたまたまツイておりやした」

「今はどういった生業で？」

「江戸は南本所で蕎麦屋を営んでおります」

「江戸の蕎麦は美味いんだってな」

「いいえ。あっしがつくりますのは田舎の蕎麦で、美味いものでもございません」

長次郎は清太に目をやった。

「そちらの若い衆も堅気衆だというが、お三方はどういったかかわりなんだい？」

長次郎の口調は本当に知りたいといった感じで、他意はないようであった。表情も柔らかで、銀平は忠兵衛を思い出す。このお人ならと思い、銀平は清太との間柄や八州博奕をやるに至った経緯をすべて包み隠さず話した。その間、長次郎は時おり酒に口をつけながら黙って聞いていた。聞き終えると長次郎は何度もうなずき、微笑みを浮かべた。

「奇特なことだ」

心底そう思うといったように、感じ入って長次郎は言う。

「銀平さん、お前さんいくつになられた？」

「六十でございます」

「なるほどな。わしは五十八になるが……わしらの若い時分は、銀平さんみたいな筋の通った義理堅い博奕打ちがごろごろしていたものだが、今では銭欲しさのための博奕だ。まったく長生きはするもんじゃあねえな」

　長次郎は笑い、銀平も笑みを浮かべた。

「顔色が悪いし疲れているようだから、今晩はここで寝て、明日発(た)てばいい」

「恐れ入りましてございます」

　銀平は長次郎という男に興味を抱いた。どことなく忠兵衛に似ているということもあってか、親しみを覚えた。というより、物言いや佇まいが、堅気にしか見えなかった。

「しかし……失礼ではございますが、親分さんと話をしていますと、とてもその――」

「やくざ者には見えないと言うのかい」

「へえ」

「よく言われるよ。まるで大店の主人か大番頭みたいだってな。まったくいいのか悪いのか」

　長次郎は楽しそうに言ったが、すぐに真顔になり、

「親父譲りかもな」

　とひとりごちる。

　銀平は興味を抱くも、足を踏み入れてはならないと感じて黙っていた。長次郎は銀平に笑顔を向けた。

「時に銀平さんはどうして俠客(きょうかく)におなりになったんで？」

　不意の問いかけに戸惑ったが、これも何かの縁だと思い、飢饉で陸奥国から父親と江戸に逃

げて来て、忠兵衛に拾われるまでの話をした。

「そうかい。飢饉でな……」

柔らかな長次郎の表情が急に憂いを含み、沈思した。ゆっくりとした動作で徳利を傾け、茶碗に酒を注いだ。そして酒の揺れがおさまるのを待つように、茶碗を見つめていた。その様子を見ながら、やはり軽々に触れるべきではなかったのだと、銀平は後悔した。長次郎は茶碗を持ち上げようとはしなかった。長次郎の沈黙に銀平は不穏なものを嗅ぎ取った。

問うまいと思いつつ、つい声を出していた。

「どうかなさったんで？」

「銀平さんよ。実はわしもな、その飢饉のために俠客になってしまったんだ」

長次郎は茶碗を見たままで、銀平のほうは見なかった。

「え、では親分さんも飢饉で他所（よそ）から江戸に逃げて来られたんですかい」

長次郎は小さく笑った。

「そうじゃあねえさ……大した話じゃあねえよ。五十年以上も前の、遠い昔話だ。わしのガキの時分のな……父親っていうのが江戸は日本橋の米問屋で、大店だったが、番頭をやっていた。あの頃は飢饉でみんな腹あ空かせて、生きるか死ぬかの瀬戸際だった。そんな連中がその米問屋を打ち壊し、どさくさに帳場の銭を盗んで、父親を刺し殺した。店は潰れ、残されたわしたち身内の暮らしは立ち行かなくなり、ばらばらになって放り出された。流れ流れて、身を寄せるところといえば、ごろつきがいるところしかなかった。気がついたら食うためにやくざ者になっちまってた。それだけのことよ。どこにでも転がってる話だ」

　長次郎は茶碗を持ち上げて酒を飲む。

　銀平は他に目をやるところはない、といったように長次郎の顔を凝視していた。ついさっきまで感じていた長次郎への親しみが、重苦しい恐怖へと変貌するのを全身で感じていた。まるで自分の人生が生まれ落ちてからすべて仕組まれていて、ここまで吸い寄せられてきたみたいにも思えた。

　冷えた隙間風が吹いているというのに、銀平の顔、首筋、背中から汗が噴き出して流れてきた。冷たい汗だった。

　長次郎の目が銀平を見た。銀平はさきほどとは別の人物が自分を見ていると感じる。長次郎は静かに茶碗を置き、帯に提げた煙草入れを手にした。銀煙管を出し、莨(たばこ)を詰め、熾った炭で火を点ける。吸うとその火がやけに赤く見えた。吐いた白煙が宙を漂い、銀平はその匂いを嗅いだ。

「お前さん、この寒いのにえれえ汗じゃあねえか。おい誰か手拭いを差し上げろ」

「いえ、持っておりますので」

　銀平は懐から手拭いを出して顔の汗を拭った。

「つまらねえ話を長々と聞かせてすまなかったな」

長次郎は気分を変えるように笑顔で言う。

「今すぐに寝床を若い衆に仕度させるから休むといい」

「……あの、親分さんにおうかがいしたいことがございます」

「何だい」

「その、親分さんの殺されなすった親御どのは、背中を匕首で刺されたのではございませんか？」

「……確かに背中を匕首でひと突きされて殺されたが、お前さんそれをどうして……どこかでお聞きなすったのかい」

「いえ……そうではございません」

「ならどうして知ってるんだ」

長次郎の声がこわくなる。

この間も銀平は糸で繋がれたように長次郎の目を見ている。

長次郎も視線を外さなかった。話すか話すまいか、さしたる葛藤はなかった。この場にようやくたどり着いたという感慨のほうが深かった。長く生きていれば人生はこんなふうにできている、これで楽になれる、神仏が与えたもうた幸いだと身に沁みた。

「親分さんの親御どのを殺めたのは、あっしでさあ」

わずかに長次郎は目を見開いた。周囲の子分たちも動揺して見合っている。後ろから清太が銀平の袖を引いた。

「銀さん、戯言を言うんじゃあねえよ」

「戯言じゃあねえ。本当のことだ」

そう言うと銀平は長次郎に集中し、憶えているかぎり、あらいざらいあの日起きたことすべてを打ち明けた。

長次郎は表情ひとつ変えないで煙管を吸いながら聞いている。時おり後ろで清太か丈太郎の唾を飲む音が大きく鳴った。燈心の灯りが届かない暗がりの中、握り拳をつくる幾人かの子分の手の影が見える。

話し終えると銀平は両手を前に突いて、畳に額をつけた。

「とんでもない間違いをしでかしまして、誠に申し訳ございません」

長次郎は長い間沈黙を守った。

彼が次に何を言うか、小屋の中にいる者たちは身動ぎひとつせず、息を詰めて待ち続けた。

銀平は畳のひんやりとした感触が、頭の芯にまで届きそうな気がする。長次郎がにわかに手を動かし、煙管の燃え残りの灰を音もなく火鉢に落とした。

「銀平さん、面を上げておくんなさい」

長次郎の声は静かだった。

言われた通り、銀平は顔を上げて長次郎を見た。淡々とした彼の表情からは、感情が何も読み取れない。

「どうだろう……若い時分ならお前さんを叩きのめして始末したかもしれねえな……けど、今はそんなこたあちっとも思わねえ。これも齢を食ったせいだろうよ」

煙管を煙草入れにしまいながら長次郎は言った。

「お前さんの苦労がわしには手に取るようにわかるんだよ……もとはと言やあ飢饉さえなけりゃあこんなことにはならなかったんだ。恨むならお天道さんを恨むしかあねえだろうよ。お前さんのせいじゃあねえさ」

長次郎は茶碗を取ると、酒を口につけた。銀平は頭の中で長次郎が今言った言葉を反芻する。とたんに言い知れない激情にかられた。

「そいつあいけねえ」

自分でも驚くほどの大きな声が出た。

「いけねえでさあ。あっしは、親御どのを殺そうと思って殺したんです。罪人は裁かれないと筋が通りませんや」

「けど、お前さんはまだ十にもならねえガキだったんだ。それに、お前さんが殺らなきゃあお父っつぁんが殺られたかもしれねえ。すべてが仕方のねえことだったんだよ」

だが銀平は首を横に振った。

「だったら、どうして、こんなにあっしは苦しまなきゃあなんねえんですかい。人を殺めておきながら、のうのうと生きて……殺された身になれば、とんでもねえことだ」

「だからお前さんはもう十分に苦しんだんだ。裁きを受けたも同じじゃあねえか。こうして心ずくの詫びも入れてくれた。本当の悪党というのは人を傷つけ、殺めてもそんなことはなかったことにして、せせら笑って遊び暮らして生きてるもんだぜ。わしはこれまでそんな野郎を数え切れねえほど見てきたんだ。それに比べりゃあお前さんは立派なものだ。恥じることはねえよ」

「しかしそれではあっしの気持ちが――」

「わかったよ」

銀平の言葉を待っていたかのように長次郎は引き取った。

「じゃあわしの望みを言うが、何でも承知してくれるかい」

「承知いたします」

「二言はねえな」

「……ございません」

だが長次郎はそこで思惑があるように話を止めて、火箸を取り、赤く熾った炭を掘り起こす。炭の濃い匂いがたった。

「親分さんの望みを言っておくんなさい」

待ち切れずに銀平は言った。

長次郎は銀平を見た。その顔つきが、うって変わってやくざのそれになっている。地金が顔を出したと思った。

「俠客の道ってえいうのはよ。命か銭か、二つに一つしかねえ。だが老い先短えお前さんの命をとったってどうしようもねえや。わかるよな」

銀平は目顔でうなずく。

いや、長次郎にうなずかされたといったほうが正しかった。

「なら残るは一つ。銭だ。元金の五十両を残して、残りの七百五十両をそっくりわしに返してくれればいい」

銀平は激しく動揺した。丈太郎や清太も驚きのあまり、口を開けて目を見開いた。

「お前さん二言はねえと言ったよな」

「そんなバカなことができるかよ」

清太が声を慄わせて言った。

「清太さん」

丈太郎は清太の腕をつかんで戒める。

「そちらの若い衆は黙ってな。こいつあわしと銀平さんとの差しの話だ」

長次郎は凄んだ。

「どうだい銀平さんよ」

「……親分さん、それればかりは」

銀平は声を絞り出して言う。

「おめえ、二言はねえと言ったじゃあねえか」

「へえ。ですが、この銭はさっき申し上げたようなわけで、ここにおります清太にとっては命も同然の銭でございやす。どうか、あっしの命で勘弁してやってくだせえ」

「いつ消えるか分からねえような、老い先みじけえ命で勘弁しろって言うのかい」

「伯父貴、そいつあいけねえ。元金は残るんだ。まだひと勝負できる」

丈太郎が身を乗り出して言う。

「いや、勝負はもう終わったんだ。次はねえ」

銀平は横目で丈太郎を見て言った。

「冗談じゃあねえや」

いきり立った清太が吐き捨て、膝を立てた。それを見た周囲の若い衆らも立ち上がろうとする。

「バカ野郎。ジタバタするんじゃあねえ」

長次郎が若い衆らを睨んで叱りつける。若い衆らは気圧され、腰を下ろした。長次郎は清太に目を転じる。

「おめえもおとなしくしてくれねえか」

感情のない声音に、銀平は明らかな殺気を感じた。

「清太さん、こらえなせえ」

と銀平は清太に言った。

清太は、不承不承といった感じで立てた膝を直した。

この時銀平は、腹の痛みがどんどん増してゆくのを感じていた。

早く決着をつけなければと思い、再び畳に額を擦りつけた。

「親分さん、どうかあっしの命で勘弁してやってくだせえ。お頼み申します」

「じゃあ訊かせてもらうがな。おめえの命は、大店の番頭だったわしの親父の命ほどの値打ちがあるのかい。この八百両の銭よりも値打ちがあるのかい」

銀平は顔を上げ、長次郎を睨み据える。肚の底から湧き立つ思いがそこにあった。

「値打ちなんざあどんなものにもあると思えばあるし、ねえと思えばねえんでさあ。そんなこたあどうでもいいことでさあ」

その声は空気で、音にはなっていなかった。

「あっしはこの場を命の捨て場所と決めたんだ」

長次郎は言葉に詰まって銀平を見つめた。そしてわずかに頬を緩めて微笑んだ。

「銭で勘弁してやろうっていうのに、ったくどうしようもねえお人だな……いいだろう。じゃあここでもうひと勝負しようじゃあねえか。おい誰か賽を持って来い」

「へい。ここに」

小頭が懐から小さな賽を二つ取り出し、長次郎に手渡す。

「わしが勝てば七百五十両をいただく。おめえが勝てば命を捨てる。これで恨みっこなしだ。いいな」

畳みかけるように言われ、銀平は目顔でうなずいた。差しの勝負で負けたことは一度もなかった。

長次郎は残った茶碗の酒を飲み干すと、それを前に置いた。濃い酒の匂いがたつ。銀平は懸命に勝負に集中しようとするが、腹の痛みが増してくる。賽が茶碗に投げ込まれ、長次郎の手によって素早く畳に伏せられた。

「さあどっちだ」

銀平は茶碗を凝視する。茶碗は蠟燭の灯りを照り返し、明滅している。

おれはこの一瞬のために生きてきたんだと、自分に言って聞かせる。彼は一瞬目を閉じ、丁と答えを出すと開いた。だがそれを告げようとした時、

「う……」

痛みに堪らず腹を押さえて前のめりになり、吐血した。畳に鮮血が流れ出る。鼻腔が血の臭いで一気に満たされた。周囲の張り詰めた空気が戸惑いの空気へと一変する。

「伯父貴――」

丈太郎が銀平の具合をみようとした時だった。

「冗談じゃあねえや！」

清太が立ち上がった。

「銭も命も取らせやしねえ！」

切餅の山に飛びつき、盆ごと抱え上げて立った。

若い衆らが匕首を抜いて立ち上がる。

「いけねえ」

丈太郎が声をあげた時はもう遅かった。

「やれ！」

長次郎の声が響いた。

身を翻して戸に手をかけた清太の背中に匕首が二本三本と次々に突き立った。呻き声をあげて清太はのけぞり、白目を剝いた。ばらばらと切餅が落ちる。血が滴り、切餅をまだらに赤く染めた。清太は力を振り絞って戸を開けようとする。だがまた一本の匕首が、脇腹に深々と突き刺さった。大木が倒れるが如くゆっくりと、清太は切餅に覆い被さって倒れた。

銀平は朦朧とする意識の中でその光景を見ていた。

水底で起きているような、ぼやけてはっきりとしない像だった。彼は伏せられたままの茶碗を見た。

そして無意識のうちに慄える手を伸ばし、茶碗をつかんで返そうとする。だがその手を長次郎の大きな手が押さえた。

「もう終わったんだよ」

長次郎の落ち着いた声がする。

「こいつあ賭場荒らしだ。銭はそっくり貸し元に返えしてもらうぜ」

茶碗から外された銀平の手に、抗う力はもう残ってはいない。

清太はまだ蠢いていた。血塗れの体をよじり、切餅を握り締めた手を持ち上げ、宙を掻いている。

必死に逃れようとしていた。その様を取り囲んだ若い衆らが肩で息をしながら、声もなく見守っている。

長次郎が立ち上がり、何でもないように清太の手から切餅を取り上げた。清太の手が音もなく、すとんと落ちた。

（こいつあ夢だ……夢だ……夢なら覚めてくれ！）

銀平は胸のうちで叫んだが、目に映るものが消え去ることはなかった。

わずかに空いた戸口から暗闇が見えている。吹き込んでくる寒風が血の臭いを洗い、銀平の顔をなぶった。表で博奕を打つ声や音が幻聴のように、いつまでも聞こえていた。

第六章　願わくば

「えー桜草や、桜草――」

障子戸に陽射しが当たり、店の中を明るい光で満たしている。銀平は板間に敷かれた蒲団で臥(ふせ)っていた。自分の死が近いと自覚してから、もう一年もの歳月が流れている。

八州博奕の日から数えれば、すでにひと月半が経っていた。あの夜のことが朧げな夢のようなな、遠い昔の出来事に感じた。夢ならばいつかは忘れられるかもしれないが、それは夢ではなかった。

清太の亡骸は翌朝、長次郎の計らいで近くの寺で荼毘(だび)に付された。

銀平は丈太郎に背負われて清太を送った。丈太郎は彼を気遣い、慰めの言葉であろうことをしきりに話しかけてきたが、何も耳に入っては来なかった。ただ澄み切った青空に白煙が立ちのぼってゆく様を、銀平は何を思うでもなくぼんやりと見上げていた。

丈太郎は銀平を江戸まで背負ってくれた。

江戸に着くまで銀平は一言も話さなかった。浅い眠りに落ちたかと思うと丈太郎の足音で起きて、流れゆく景色をただ漫然と目で追っていた。丈太郎も彼の胸の内を察してか、時おり具合を尋ねるだけで黙っていた。

店まで帰って来ると、丈太郎が「骨は回向院に納めやしょう」と言うので銀平は承知した。だがその前に、清太が死んだことを小桜に伝え、分骨の意思の有無を確かめて欲しいと頼んだのだった。

ところが小桜は吉原にはいなかった、すでに別の大店の主人に身請けされ、妾として暮らしていた。清太の死を伝えても、それが誰だか思い出すのに閑がかかり、その様子を見た丈太郎は分骨の話を切り出すことなく、さっさと引き上げたという。

それを話した後、丈太郎は思いつめた顔で横になった銀平を見ていた。分骨という望みすら断たれた銀平は、丈太郎に返す言葉も持たず、ただ暗い宙を見上げていた。

「清太さんは伯父貴に救われたとあっしは思いますよ。伯父貴と出会わなければ、たとえ一時でも仕合わせを味わえなかったんですから……」

丈太郎の励ましも、銀平にはただ虚しいだけであった。銀平が頑なに沈黙を守っていると、丈太郎はため息を吐いて出て行った。

八州博奕から帰って以降、丈太郎は毎日銀平を見舞うようになった。

丑吉のほうは元金が戻って来たということで命まではとらなかったが、近いうちに銀平をこの店から追い出すという話であった。

「そんなこたあ、あっしが絶対にさせませんから大丈夫ですぜ」

と丈太郎は言ったが、銀平にしてみればかえって迷惑だった。

この店を叩き出されて、竪川の川縁あたりでのたれ死ぬ姿を思い浮かべた。いや、それが今のおれには一番の死に様だとも思っていた。丈太郎とも縁を切りたかった。彼は来るたびに握り飯や粥を持って来たり、一方的に話をしたりして気遣った。

銀平にはそれが堪らなく嫌だった。もう誰とも清太のようなかかわりを持ちたくはなかった。病にも疲れたが、人とかかわり何かをすることには疲れ果てていた。今は独りでいたかった。独りでいれば誰かを傷つけたり、死なせることもない。このまま誰にも知られずにひっそりと死んでいきたかった。だから丈太郎の持って来る食べ物は一切食べず、体が動く限り蕎麦をつくって食べた。

しかしある時、銀平のような蕎麦屋になりたいから蕎麦打ちを教えて欲しいとまで丈太郎が言い出した。

「初めて銀平さんの蕎麦を食べたあの時、銀平さんの下駄を見たんでさ……鼻緒が粉に塗れて白くなって、あれを見て、堅気として働くのはいいなあって心底思ったんだ」

それを聞いて銀平のやり切れなさは頂点に達し、弾けた。

「もうここには来るんじゃあねえ。来れば舌あ嚙み切って死んでやるからな」

と、憎悪に近い念を込めた眼差しで、銀平は吐き捨てた。

丈太郎は絶句し、黙って店を出て行った。以来訪れて来ることはなくなった。彼が来なくなってからもう十日も経つだろうか。

これでいいと思う。幸い、だんだんと体は弱って、ここ数日は寝起きも満足にできなくなり、一昨日からはとうとう動けなくなって、枕もとに置いた片口の水だけを飲んだ。もはや生きる屍であった。すり切れた浴衣を着て、日がな寝ている。自死をしてもよかったが、その力すら残されていない。いや考えようによっては、殺めた番頭やおよう、清太の死に対する責め苦、罪を、一刻でも長く負って苦しんでから死ぬのもいいだろう。それがこのおれという男の生き様には似合っている。絶望以下の絶望、どん底以下のどん底が世の中にはあるものなのだと、今、実感している。

隙間風が暖かだった。腹痛より、息苦しいことがつらい。帰って来た最初の頃は桶を枕もとに置いて吐血したものだが、今はそれすらない。小便も出なくなった。

その時――、

「ごめんなすって」

と表から声がした。

丈太郎だった。

銀平は彼が入って来るのを待つしかできない。

戸が開いて丈太郎が入って来た。だが彼はその場に突っ立ったままで動く気配はない。

そのうち銀平は、丈太郎の左手に巻かれた包帯に目を留めた。

「小指一本なくても蕎麦はつくれますよね」

丈太郎は吹っ切れたような明るい声をあげた。

けじめをつけて堅気になったのかと銀平は勘づいたが、目を宙に戻した。

丈太郎は板間に上がり、枕もとに畏って正座をした。入って来た時には気づかなかったが、背中に灰色の風呂敷包みを背負っている。丈太郎はしばらく黙って銀平を見つめた後、

「質屋で請け出して来やした」

と言って、風呂敷包みを下ろして広げた。

そこには折り畳んだ萌黄色の蚊帳があった。

「八洲博奕に向かう途中、清太さんが銀平さんのために買った、この蚊帳の話をしてくれたんですよ。生まれて初めて人のためにそんなことをしたって、『親孝行ってえのは、あんなにいい気持ちになるもんかなあ』って、照れ臭そうに、嬉しそうに……。きっと清太さんは、これっぽっちも恨みに思っちゃあいませんよ。だから、そんなに思いつめないでくだせえ」

訥々と話す丈太郎に、煩しさばかりが募ってゆく。

もう聞きたくないと思い、銀平は顔を背けた。

「あっしにとっても銀平さんは、筋を通す生き方を教えてくれた恩人だ。あのまま丑吉のもと

にいたら、人の道を踏み外していたでしょうよ。その恩人を、こんな所で放っておいて見殺しにするわけにはいかねえんだ。そんなことしたら清太さんに顔向けができねえや……だから、どうかあっしに、清太さんに代わって世話をさせてくだせえ」

丈太郎は頭を下げた。

銀平にはもう言い返す気力すら残っていない。

沈黙の時が続いた。

そのうち丈太郎が障子戸のほうに鋭い視線を送った。

「誰だ」

銀平は思わず目を動かして障子戸を見た。

そこには小さな人影がくっきりと映っている。子どもとわかって丈太郎は戸惑う表情で銀平を見た。ハナにちがいないと銀平は思った。

「開けてやっておくんなさい」

銀平は声にならないかすれた声をあげた。

丈太郎がたたきに下りて戸を開けた。逆光でしばらく顔が見えなかったが、目が慣れるとそれはやはりハナだとわかった。着物は以前にも増して綻び、顔や手は薄汚れている。いつもながら無表情で、それがかえって痛々しい。

丈太郎はハナの足もとを見つめていた。銀平がやった下駄を履いている。その黒い鼻緒にはまだわずかに白い粉がついていた。

「蕎麦はもう、つくってやれないんだ」

銀平は言ったが、その声がハナに聞こえているかどうかはわからなかった。

事情を察したのだろう丈太郎が懐から紙入れを出し、四文銭を三枚ばかり取り出してハナに差し出した。

「さ、これを持って行きな」

だがハナは睨むようにして丈太郎を見上げるだけで動かない。何か異変があったのだと銀平は感じた。

「どうした」

「……おじさんが起きないんだ」

「いつから」

「昨夜からずっと」

銀平はすべてを了解した。

「丈太郎さん、この子について行って、おじさんの様子を見てきてくだせえ」

丈太郎はうなずき、しゃがんでハナと目線を合わせ、精一杯の笑顔をつくった。

「銀平さんは病で具合が悪いから、あっしと様子を見に行こうか」

ためらいがちにハナは小さくうなずいた。

「さ、行こう」

丈太郎は子どもの扱いに慣れた感じでハナの手を取り、出て行った。

銀平はようやく一人になれたと思い、大きく息をついた。腹の痛みは続き、息苦しさが増してゆく。おれはこのまま死ぬかもしれないと感じる。立ちどころに生への執着、未練が浮き彫りになり、心底恐ろしくなった。

銀平は目を閉じる。思い出したくもない、封印した、幼い頃の死の記憶があった。それは濃厚な土の匂いとともに甦るものだったが、思い起こすたびに夢か幻だと信じ込もうとした。

「あんなことはあっちゃあいけねえ」

と五助は言った。

飢えて死に絶えた村の光景は地獄絵さながらであった。みんな生き延びるために、本能のまま、欲望のままに獣と化し、自らの手で地獄絵を描いた。

身内の死を待ち、あるいは殺め、その亡骸を食らった。記憶を封印したのは、それが自分の家で起きたことかもしれないという恐れがあるからであった。極限の飢餓状態の最中にあって、その畜生の所業を責めることは誰にもできなかったが、自らの内に封印し、苦しみ続けるしかなかった。彼は今この瞬間も、それが夢か幻だと思い込もうとしている。

銀平はもう何も考えたくないと思い、わずかに顔を横に向けた。

目の端に小さな黒いものを感じた。それは朝顔の種だった。小指の先ほどの大きさで、艶のない黒い色をして、仄かな外光を浴びて不規則な凹凸を見せている。捨てたはずなのにどうしてそこに一粒だけ転がっているのか、彼にはわからなかった。

種は土に還せば芽が出て蔓を伸ばし、花を咲かせるはずだった。種は希望だった。おれは清太という名の種を潰して殺してしまった。無残な死を見てきたこのおれが命を奪う——生への執着、死への恐怖の正体は、この後悔に他ならないと銀平は実感していた。

しかし、今さらそれに気づいたところでもうどうにもならない、諦めることしかできなかった。

(とどのつまりこのおれは、ろくでなしの博奕打ちだったんだ……)

体が石のように重い。耐え難い眠気に襲われ、彼は目を閉じて眠りについた。

目覚めた時、すでに夕方になっていた。戸の障子が明るい橙色に染まっている。表の通りを行き交う足音や、長閑な船頭の歌声を聞きながら、おれはまだ生きていると実感する。何より息苦しさがその証だった。

足音が戸口に近づいて来る。戸が開いて入って来たのは丈太郎であった。

銀平は目だけを動かして彼を見た。

丈太郎の息は弾んでいる。駆け戻って来たのかと思ったが、息を切らしているのではなく、興奮した荒い息遣いだった。

「近くの番屋で話して、おじさんは無縁仏として引き受けてもらいやした。それで、おハナのほうなんですが、銀平さんのところに戻りたいと言うんで」

と、丈太郎は振り返った。

「入っておいで」

ハナが入って来た。驚いたことに髪は束ねて団子に結い、薄汚れていた顔や手足がきれいになっている。湯屋に行ってきれいにしたのだろう。だがボロの着物との釣り合いが取れていなかった。決まりが悪そうに、銀平の顔色をうかがうようにして見ている。頬がやけに赤かった。

「おじさんを番屋に入れた後で、湯屋に行くと言い出しましてね。銀平さん、おハナがこの店に来るたびにこっそり一文ずつ握らしてたんでしょ？　その銭を貯めてね、湯屋の代金にしたんです。てえした娘ですよ」

感心している丈太郎もおかしいし、死にかけの老いぼれのもとに戻って来るなど、ハナもいったいどういうつもりなんだろうと、銀平は苛立ち、呆れた。

「あっしに、この子の世話ができるはずが、ねえでしょう」

丈太郎は笑った。

「そうじゃあなくって、おハナが銀平さんの世話をすると言ってるんですよ」

「え……？」

　銀平には丈太郎の言葉が理解できなかった。

「それでいいことを思いついたんでさあ。いっそ銀平さんとおハナをうちの長屋に引き取って世話をすればいいと思って。あっしの店の大家は話のわかる人でしてね。それにちょうどうちの隣に長年子のない鋳掛屋の夫婦があるんです。養子にしてもらえないか頼んでみます。そうすればあっしは蕎麦のつくり方も教わることができるし何もかもうまくいくんだ」

　銀平はうんざりとなる。

　そんなことはやめてくれと言おうとしたが、丈太郎の顔を見て言えなかった。いつしかその目は涙で膨らんでいた。

「おれは絶対に銀平さんを見殺しにはしねえぞ」

　丈太郎は包帯を巻いた手で涙を拭いた。

「おハナ、おれはひとっ走り家に帰って話をつけて、また戻って来るから、それまでは銀平さんの面倒をみるんだぞ。いいな」

　丈太郎は飛び出して行った。駆け去って行く足音が生なましく銀平の耳に残った。その思慮の浅い行動に、清太が丈太郎に乗り移ったかのように思えて、よけいにやり切れない。

　ハナは開け放った障子戸のほうをしばらく見ていたが、銀平に視線を戻した。思いのほか、かわいらしい顔立ちをしていた。丸顔の中の、つぶらな濁りのない大きな瞳が、可愛らしさを際立たせている。

すでに店の中に夕闇が迫りつつあった。丈太郎に去られてみると、離れ小島に取り残されたようでひどく心細くなった。ハナは悪いことをしたと思っているのか、うなだれ、たたきに突っ立ったままでいる。銀平は無性に何かをしてやりたくなった。

「頼みが、ある」

銀平が声をかけると、ハナは素早く顔を上げた。

「衝立裏の簞笥の中の、紺地の着物と帯を、取って来ておくれ」

ハナはうなずき、すばしこい猫みたいに板間に上がると衝立の裏へ行き、言われた通り、銀平が子どもの頃に着ていた着物と帯を持って来た。擦り切れて色褪せ、全体が白っぽくなっている。捨てようと何度も思った着物だったが、買ってくれた父親のことを思うとどうしても捨てられなかった。清太も大切なものだと察して、質草にはできなかったのかもしれない。

「それを着るといい」

ハナは着物を見つめている。着替えるところを見られるのは恥ずかしいだろうと、銀平は目を閉じた。ほどなくして衣擦れの音がし始める。仄かな湯の香りがたった。音がしなくなり、銀平は目を開いた。そこには着替えたハナが立っている。白い兎の小紋の柄に一瞬、子どもの時の自分がそこにいるのかと錯覚した。

帯の結び方がわからないのか、へその辺りで固結びをしている。直してやりたいとは思ったが、彼には腕を上げる力も残ってはいなかった。丈は少し長かったが、よく似合っていた。その足もとに一文銭が落ちていて、陽の名残りのうちに鈍い光を放っている。

ハナは嬉しそうに着物を眺めていた。

当たり前のことが、この子には当たり前ではないのだと思うと切なくなってくる。

「そこにお座り」

銀平が言うと、ハナはおとなしく座った。

「おハナちゃんは、あっしの世話をしたいのかい？」

「うん」

か細い声だった。その目がだんだん下へとおりて、寂しげな表情に変わってゆく。

おそらくハナは恩返しをするつもりでここに帰って来たのだろう。湯屋に行ったのも、汚く臭いなりではかえって迷惑がかかると考えたにちがいない。

「気持ちは嬉しいが、あっしのことはもういいんだ……丈太郎さんが戻って来たら、おハナちゃんは一緒に行って、長屋で暮らすんだよ」

銀平はハナを見て、呼吸のように音のない声で言う。

ハナは目を上げて銀平を見た。

「お爺さんは？　行かないの？」

「ああ」

「じゃあ、あたいも行かない」

ハナの目は大人のように強い光を孕んでいる。なぜこれほどまで拒むのか銀平は理解に苦しんだ。十にもならない子どもなら、大人の言うことをきいて従うのがふつうだろう。だが銀平にはそれ以上気持ちを圧して言い聞かせる気力もなかった。どうしたものかと思案していると、ハナが尻を落ち着きなく動かし、そわそわし始めた。

「どうした？」

銀平の問いには答えず、ハナはたたきに下りて下駄を履き、裏の戸を開けて飛び出して行った。

開け放った裏口から、家を軋ませるほどの突風が吹き込んでくる。

桜吹雪が店の中に渦巻き、銀平の視界一面に無数の薄桃色の花びらが舞い踊った。

薄闇の中で、花びらの一枚一枚が朧げな光を放っては落ちた。

春の宵のぬくもり、仄かな花の香りが満ちてゆく。

きれいだなと思ううち、あの乞食坊主を思い出した。

「願わくば……花の下にて……春死なん」

と呟いてはみたが、何も感じないし、意味がわかるはずもなかった。

花びらは命尽きたかのように床板に散乱している。銀平の体の上にも、置きっぱなしになっている蚊帳の上にも、幾枚かの花びらが落ちていた。

息苦しさに喘ぎながら、このまま花に塗れて独りで死にゆくのかと思っていると、ハナが戻って来た。

　ハナは銀平には目もくれず、台所へと行って火打ち石を打ち、竈の火を熾し始めた。銀平はその様を目で追い、蕎麦をつくるつもりなのだと気づいた。さっきは裏の井戸で手でも洗っていたのだろう。彼女はこの店に来るたび、銀平が蕎麦をつくるところを一心に見ていたのだった。その動きに一つの無駄もない。この子は本気でおれの世話をする気だ、と銀平は思った。

　いつの間にかすっかり夜になっている。行燈にさえ火入れできない自分が疎ましい。そのうち出汁の香りが店中に漂ってくる。

　銀平は目を閉じてそれを嗅いだ。父親のつくる蕎麦を待っている幼い自分がそこにいるような心持ちだった。

　蕎麦が出来上がると、ハナはこぼさないように注意深く足を運び、枕もとまで鉢を持って来て置いた。

　たちまち蕎麦の匂いが立ち込める。どこで覚えたのか、ハナは行燈を持って来て火打ち石を打ち、付け木に火を燃して点けた。橙色の灯りの輪が広がり、二人を包み込む。

　ハナは銀平の背中に手をまわすと力を込め、半身を起こさせる。湯気の立つ、いつもの蕎麦がそこにあった。彼がつくる蕎麦と何ら変わらなかった。自分に食べさせるために蕎麦をつくってくれたのかと思うと胸が熱くなる。

　銀平はハナを見た。彼女の表情は淡々としている。

ハナは匙を蕎麦の中に入れ、すくい上げる。その匙が鼻先に近づけられる。わずかな出汁と短く切れた米粒ほどの蕎麦がすぐ目の前にあった。どうにか舌を出し、出汁を舐め、細切れの蕎麦を食べた。いつもの味だった。いや、父親の味そのものであり、遥か遠い古里の味そのものだった。旨味と辛味と塩味が渾然となって膨らみ、口の中に広がる。枝葉が伸びるように全身に力が漲るような感覚を覚えた。

「ありがとうよ……あとは、おハナちゃんがお食べ」

ハナは銀平を寝かせ、両手で鉢を持ち上げると縁に口をつけ、音を立てて啜り続けた。その食べる様を、銀平は飽きずに眺めた。ハナの仕草や所作、ひとつひとつを見ていると、気のせいか苦しみも和らいでくる気がする。ハナはほとんど息を継ぐことなく夢中で食べ、いつものように出汁を一滴も残さずに鉢を空けた。

「ごちそうさまでございました」

ハナは頭を深々と下げた。そして鉢を持って台所へと行った。

水洗いの音がする。金持ちの商家でなくとも、せめて長屋にでも生まれていれば、きっといいおかみさんになっただろうと悔やまれた。

台所から戻って来たハナは膝を抱えて座り、揺らめく行燈の火影を瞬きもせずに見つめている。彼女にとって夜とは月明かりか暗闇でしかないのだろう。銀平は切なくなった。せめて丈太郎のもとで人並みの暮らしができるようにしてやりたいと切に願った。胸が塞がれたみたいに息苦しくなってくる。だがまだ話せる、話さないといけないと思った。

「おハナちゃん……」

ハナは銀平を見た。

「とにかく、丈太郎さんのところへ、行くんだよ」

「……お爺さんはどうなるの？」

「あっしのことは、もういいから」

「お爺さんが死んだら……あたいも死ぬんだ……死ねばお腹も空かないし、楽になれるって、おじさんが言ってた」

「ダメだ。おじさんが、死んだ時だって、そんなことしなかっただろう？」

「おじさんは……好きじゃあなかったから」

ハナの目に微かな怒りの感情が籠もっている。

「あたい一人に稼がせるし、稼いだ銭を博奕やお酒に使っちゃうし……」

博奕と聞いて銀平は激しく動揺した。

「博奕って……知っているのかい」

「おじさんみたいな人ばかり寄って、銭を一枚投げて表か裏かってやって、銭を取ったり取られたりするの。あたいの言う通りにしたら銭がたくさん取れるから連れて行かれたの。でもね、その銭でおじさんはお酒を飲むからすぐになくなっちゃうし、たまに外れて負けるとあたいをひどくぶつんだ。だからおじさんなんか嫌いだったの」

「嫌いなら……逃げればよかったのに」

ハナは悲し気に目を伏せた。

「逃げたら……お爺さんのお蕎麦が食べられなくなるもん」

銀平はもうそれ以上の言葉を持たなかった。いや、意識を保つのが困難になってきて、時おり遠くなったりした。

ハナはいつの間にか、落ちていた一文銭を拾って弄んでいる。この子を死なせてはならない、と銀平は強く思ったが、それすらできない無力感にとらわれた。

（ああ……このおれも結局、お父っつぁんと同じで屁のような男だったんだ）

銀平はハナを眺めながら、今際(いまわ)の際の父親も、きっとこんなふうにおれを眺めていたんだろうな、と思った。

「なあ、おハナちゃんよ……あっしは……屁みたいなもんだ……音が出ても……出なくても……臭いがしても……しなくても……出したら……すぐに終わっちまう……あっても……なくても……どうでもいい……屁だったんだ」

目の前が暗くなってきた。

突然、ハナが銀平の左手を取って両手で握り締めた。固く荒れてざらざらとした感触だったが、ぬくもりがある。銀平の脳裏に父親の死が去来する。父親は彼の手を握って救いを求めたが、彼は恐ろしさのあまりその手を振り払った。ところが、この子は逃げるどころか望みを捨てないで生きるよう、こんなおれのために気持ちを鼓舞してくれている。

手を握り締めたまま、ハナがいっそう銀平に顔を近づけた。

「屁を放るとね……」

あたたかな息遣いが彼の頬に当たった。

「屁を放ると気持ちがいいんだよ」

ハナはにこりと笑った。

その刹那、そうか、と銀平は気づかされた。

屁を放ると気持ちがいいんだ。

屁のように生きてもいいんだ。

たとえ屁みたいなお父っつぁんでも、命尽くでこのおれを守って、生かしてくれたじゃあねえか。

視界が狭まり、目の前がどんどん暗くなってゆく中、銀平は閃いた。

「そこの、一文銭を取りな」

ハナは銀平の手を放し、傍らに落ちている一文銭を手に取った。

「いいかい……勝負は一回きりだ……あっしが勝てば……おハナちゃんは丈太郎さんの長屋で……世話になりな……おハナちゃんが勝てば……好きにすればいい」

ためらうような間があった後、ハナはこくりとうなずいた。

「どっちに……賭ける？」

「……表」

「あっしは裏だ……銭を投げなせい」

ハナはすぐには投げず、手にした一文銭を見つめていた。

「投げるんだ」

その声に押されるようにハナは投げた。一文銭は一度床板に跳ね、たたきに落ちた。鈍い音がして、静かになった。

「持って……おいで」

ハナは立ち上がってたたきに下り、一文銭を拾うと、掌に載せた。そして掌を上に向けたまま慎重に足を運び、戻って来ると正座をした。

「どっちだ……」

ハナは掌を銀平の目に近づけた。

明滅する灯りの中に文字が見える。

表だった。

「……おハナちゃんの……勝ち、だな」

息苦しさが増し、下顎が勝手に動き出す。

銀平は最後の力を振り絞って言った。

「おハナちゃん……生きて……おくれよ、な」

その言葉が終わるより前に、ハナはまた銀平の手を両手できつく握り締めていた。ハナの涙がぽたぽたと落ちて、銀平の手を濡らした。

（ああ、負けちまったな……）

銀平は微笑んだ。

暮れ六つの鐘が鳴り響いた。

遠くから駆ける足音が近づいて来る。きっと丈太郎の足音にちがいなかった。

初出「小説現代」二〇二三年一・二月合併号

松下隆一（まつした・りゅういち）
1964年兵庫県生まれ。京都市在住。作家、脚本家。著書に『二人ノ世界』、第1回京都文学賞最優秀賞受賞作『羅城門に啼く』、『ゲンさんとソウさん』、『春を待つ』などがある。脚本を担当した映像作品に、映画「二人ノ世界」「獄に咲く花」、ドラマ「天才脚本家 梶原金八」「雲霧仁左衛門」など多数。

俠
第一刷発行　二〇二三年二月二十日

著者　松下隆一
発行者　鈴木章一
発行所　株式会社　講談社
〒112-8001東京都文京区音羽二－一二－二一
電話　出版　〇三－五三九五－三五〇五
　　　販売　〇三－五三九五－五八一七
　　　業務　〇三－五三九五－三六一五

本文データ制作　講談社デジタル製作
印刷所　株式会社KPSプロダクツ
製本所　株式会社若林製本工場

定価はカバーに表示してあります。

Printed in Japan　ISBN978-4-06-529782-7
N.D.C. 913　238p　20cm